나와 그 녀석의
개그대결

초판 1쇄 발행 · 2010년 8월 10일
초판 2쇄 발행 · 2012년 8월 20일

지은이 · 가와카미 미치유키
옮긴이 · 함인순
펴낸곳 · 도서출판 개암나무㈜
펴낸이 · 김보경
주 간 · 김지연
편 집 · 김수현 김수희
출판 등록 · 2006. 6. 16. 제22-2944호
주 소 · 서울시 서초구 서초동 1599-2 LG서초에클라트 531호 (우)137-070
전 화 · (02)6254-0601 6207-0603
팩 스 · (02)6254-0602
E-mail · gaeam@gaeamnamu.co.kr
개암나무 카페 · http://cafe.naver.com/gaeam

책값은 뒤표지에 표시되어 있습니다.

ISBN 978-89-92844-44-4 43830

나와 그 녀석의 개그대결

가와카미 미치우키 지음 ★ 함인순 옮김

개암나무

차 례

다카시

"나는 성실하고 착한 아이다."

나는 혼자 그렇게 중얼거려 보다가 역시 '아닌가?' 라고 생각했다. 오전 열한 시 반, 아직 침대 위에서 뒹굴고 있는 나를 성실하거나 착한 아이라고 할 수 있을지 잘 모르겠다. 하지만 오해하지 말기 바란다. 결코 땡땡이를 부리는 건 아니니까. 지금은 봄 방학 기간이다. 엄마는 아침 일찍 일하러 나갔고 오늘도 아마 늦게 돌아올 것이다. 그러니까 일어나도 게임을 하든지 숙제를 하든지 뭐 그런 것밖에 할 일이 없다. 그냥 누워 있어도 전혀 문제가 없다는 뜻이다.

만약에 학교 가는 날에 내가 지금처럼 침대 위에서 뒹굴고 있다면 절대로 '착한 아이' 가 아니겠지. 하지만 오늘은 이렇게 있어도 괜찮다. 좀 이상하다. 하는 짓은 똑같은데 말이다.

나는 특별히 학교 가기를 싫어하지도 않고 선생님 말씀도 아주 잘 듣고 숙제도 잘한다. 무엇보다 엄마가 하는 말을 잘 듣는다. 그렇게 생각하면 정말 '착한 아이'라고 해도 틀린 말은 아니다.

나는 침대에서 꾸물대며 겨우 일어나서 부엌으로 갔다. 냉장고에서 우유를 꺼내 컵에 따랐다. 텔레비전에서는 점심시간에 하는 예능 프로그램이 한창이었다. 나는 텔레비전을 보면서 우유를 마셨다.

"외롭지 않니?"

초등학교 2학년치고는 몸집이 작은 나에게 사람들은 대개 "외롭지 않니?"라며 '니'를 길게 늘인다. 나는 별로 외롭지 않으니까 상관없지만 그런 식으로 묻는 건 싫다. 그리고 '착한 아이'인 나는 "외로워요."라고 대답하는 편이 사실은 여러모로 편하지 않을까라는 생각을 잠시 한다. 하지만 일일이 거짓말을 할 정도로 중요한 얘기도 아니어서 그냥 솔직하게 대답한다. 아빠가 없어도, 엄마가 집에 늦게 들어와도 외롭지 않은 사람이 있는가 하면 가족들이나 친구 함께 있어도 외로운 사람이 있다. 문제는 무엇을 하든 사람들이 '저 아이는 외로우니까.'라고 생각한다는 점이다. 집에서 게임을 하거나 텔레비전을 보거나 어쩌면 잠자고 있을 때조차도 사람들은 이렇게 말할지 모른다.

"다카시는 외로워서 그래."

아무래도 상관없지만 좀 귀찮다.

외로움과는 조금 다르지만 친구가 많은 아이를 보면 물론 부러운 생각이 든다. 교실에서 웃고 떠들며 장난치는 아이들 모습을 보면 문득 나도 저 안에 끼고 싶다는 생각이 들 때가 있다. 또 휴일에 함께 놀러 갔다는 이야기를 들으면 재미있었 겠다고 생각한다. 하지만 나는 그 아이들 속에 들어가는 방법 을 모른다. 다른 아이들처럼 어깨를 툭 치면서 웃을 자신도 없다. 그리고 외롭지 않다. 그러니까 오늘도 집에서 지내기로 한다.

엄마가 조금 빨리 들어와서 같이 저녁을 먹었다. 엄마는 말을 많이 한다. 엄마와 이야기하면 나도 보통 때보다 말을 많이 하게 되고 시간도 금방 지나가 버린다.

"혼자 집도 잘 보고 다카시는 정말 착한 아이야."

엄마가 칭찬을 해 주면 나는 이렇게 되묻는다.

"내가 착한 아이야?"

"그럼, 물론이지."

그러면 나는 건방진 질문을 한다.

"그건 엄마 아들이라서? 아니면 다른 아이들과 비교했을 때 착한 아이라는 거야?"

그래도 엄마는 웃으면서 내 질문에 진심 어린 대답을 해 준다. 이날도 엄마는 조금 생각하다가 말했다.

"물론 엄마가 봤을 때 너는 착한 아이야. 다른 애들하고 비교했을 때는 잘 모르지만."

"응."

"그런데 만약에 너를 보고 착한 아이가 아니라고 말하는 사람이 있어도 걱정 안 해. 너는 커서 아주 괜찮은 남자가 될 테니까. 그냥 그런 느낌이 들어."

이미 눈치챘을지 모르지만 나는 건방지다는 말을 자주 든는다. 어린아이다운 귀여운 구석이 없다고 한다. 그래서 나에겐 엄마의 말이 조금 설득력 없게 들리지만 그래도 엄마가 자신만만하게 말해 주면 안심이 된다. 나는 항상 엄마의 말이 약간 이기적으로 들린다.

남은 봄 방학도 평소와 다름없이 보냈다. 텔레비전을 보고 게임을 하고, 숙제하고 공원에 가서 '그 녀석'을 보고, 그렇게 나는 3학년이 되었다.

우리 학교는 2학년에서 3학년으로 올라갈 때와 4학년에서 5학년으로 올라갈 때 반이 바뀐다. 그러니까 이번에 처음 반이 바뀌었다. 교실도 바뀌어서 눈에 보이는 모든 것이 낯설었다. 창문 너머로 보이는 운동장의 각도도 같은 반 아이들 얼굴도 교과서 표지도 다르다. 그리고 당연한 일이지만 아이들은 새로운 친구들과 무리를 만든다. 나는 이번에도 역시 어느 그룹에도 들어가지 않았다. 하지만 어쩐 일인지 자리가 가까운 무라야마와 오쿠보와는 이야기를 많이 하게 되었다. 무라야마는 우등생이어서 수업 중에 항상 손을 들고 정답을 말하는 아이다. 오쿠보는 안경을 끼었는데 보통 때는 조용하지만 곤충에 대한 이야기를 하기 시작하면 눈에서 빛이 난다. 수많은 곤충의 특징을 아주 잘 알고 있어서 반 아이들은 오쿠보를 '곤충 박사'라고 부른다. 두 명 모두 조용히 이야기하는 타입이어서 나는 마음이 편했다.

반에는 언제나 중심이 되는 아이가 있는데 우리 반의 중심은 리코였다. 쉬는 시간이 되면 여자아이들이 네다섯 명씩 리코의 주위에 모여 즐겁게 이야기한다. 자세히 보면 리코는 자기 이야기를 하기보다 거의 아이들 이야기를 듣는 편이다. 그래도 리코 주위에는 아이들이 끊이지 않는다. 리코는 누가 어떤 이야기를 해도 항상 변함없는 미소로 끝까지 이야기를 들어 준다. 리코는 아이들의 이야기를 다 듣고 나서 두세 마디 정도 말할 뿐이다.

하지만 그 두세 마디가 같은 반 아이들의 마음을 사로잡는 듯했다. 적어도 작년까지는 까불거리면서 분위기를 잘 맞추는 노무라가 반 아이들의 중심에 있었다. 하지만 리코는 전혀 다른 타입인데도 아이들 중심에 있다.

솔직히 말하면 나는 리코를 처음 보았을 때 어딘지 좀 이상한 아이라고 생각했다. 원래 나는 잘 웃지 않기 때문에 남들 앞에서 항상 똑같이 웃는 사람을 보면 부럽다고 생각하는 한편 뭔가 뒤에 숨기고 있지 않을까 의심한다. 그러니까 귀염성이 없다는 이야기를 듣는다. 더구나 가만히 있어도 남자아이들한테 인기 있는 리코가 웃고 있는 모습을 보면 어쩐지 그런 생각이 더 강해진다. 내가 생각해도 자신이 좀 비뚤어져 있다는 생각이 들지만 그렇게 느껴지는 건 어쩔 수가 없다. 그러니까 무슨 말을 하고 싶은가 하면 나는 처음에는 리코를 좋아하지 않았다. 이것만은 강조해 두고 싶다. 나는 리코 같은 여자아이는 좋아하지 않는다. 다만 항상 왠지 모르게 리코의 행동이 신경 쓰였던 것만은 틀림없다. 교실 오른쪽 끝에 있는 내 자리에서 보면 리코의 자리는 왼쪽 앞이다. 나의 왼쪽 눈과 왼쪽 귀는 리코가 있는 쪽에 활짝 열려 있었다.

1. 천재의 말

마사야

"그러니까 마사야 형은 뒤에서 열심히 생각해 온 티가 너무 나니까 웃을 수가 없어. 그렇게 열심히 준비해 온 소재를 보고 있는 게 가장 힘들다니까. 어차피 보여 줄 거라면 좀 더 자신을 속속들이 드러내는 건 어때? 그것도 나름대로 재미있거든. 그렇게 못 할 바에야 죽을힘을 다하고 있다는 걸 보는 사람들이 느끼지 않도록 해야지."

'시끄러워, 이 자식아!' 란 말을 꾹 눌러 삼키며 나는 순순히 수긍했다.

"알았어."

나잇살이나 먹은 내가 왜 이런 시건방진 초등학생 꼬맹이가 지껄이는 말을 묵묵히 듣고 있어야 하는지에 대해서는 차

차 이야기하도록 하겠다. 어쨌든 이 녀석은 인정하기 싫지만 '감각'이 있다. 꼬맹이지만 나는 이 녀석에게 반항하지 않기로 했다. 사람은 태어날 때부터 메울 수 없는 차이가 있다는 것 정도는 나도 알고 있다.

그 차이를 죽을힘을 다해 메우려는 노력은 그렇다 치더라도 반항하는 것은 바보 같은 짓이다. 똑같은 시험에서 힘들이지 않고 100점을 받는 녀석이 있는가 하면 아무리 노력해도 50점밖에 받지 못하는 녀석이 있다. 그런 녀석이 100점 받는 녀석을 상대로 '내가 저 녀석에게 져서야 되겠어?'라며 눈엣가시로 여기는 것은 시간 낭비일 뿐이다. 그러면 어떻게 해야 할까? 비록 삼류지만 대학까지 나온 내 결론은 그 천재를 내 편으로 만들어 51점을 받을 수 있는 방법을 얻어 내는 것이다. 물론 예를 들어서 하는 말이다. 나는 51점으로 끝나는 인생 따위 사양하고 싶다. 그렇지만 신은 나에게 100점을 받을 수 있는 어떠한 능력도 주지 않았다. 내가 무엇을 목표로 하든지 내 위에는 나보다 더 뛰어난 사람이 있다. 그리고 이것은 나에게만 해당하는 이야기가 아니다. 신에게 선택받은 극소수의 사람들이 아니라면 누구나 마찬가지다.

"마사야 형, 배고파. 밥 먹으러 가자."

천재의 말씀은 절대적이다. 그리고 이 말은 내게도 큰 도움이 된다. 오늘의 개그 소재는 쓸모없다는 것을 알았으니 빨리 다른 소재를 생각해야만 한다. 그러기 위해서는 먼저 배를 채워야 한다.

"오늘은 뭐야?"

"비프스튜."

나는 꼬마 뒤를 금붕어의 똥처럼 딱 붙어서(아무리 그래도 똥 쪽이 더 크다니 정말 우습기 짝이 없다.) 녀석의 집으로 향했다. 걸어서 5분 정도 되는 거리다. 다카시네 집은 내가 사는 싸구려 아파트와는 비교도 안 되는 고급 맨션이다. 자동 잠금 장치가 있어서 이 녀석이 없으면 나는 들어갈 수도 없다. 말하자면 내게는 알 수 없는 세계였다. 하지만 나는 이렇게 당당하게 문턱을 넘어서고 있다. 물론 처음에는 경비 아저씨가 의심스런 눈초리로 묻기도 했다.

"다카시, 이 사람은 누구니?"

이런 시간에 지저분한 옷차림으로 꼬마를 데리고(정확히 말하자면 따라가고 있지만) 있으니 직장도 없는 수상한 젊은이라고 의심받는다 해도 어쩔 수 없다. 실제로 불심 검문에 걸린다면 대답하기도 전에 잡혀 갈지 모른다.

"저는 개그를 하는 사람인데 이 아이에게 새로운 소재가 재미있는지 들려주고 있습니다."

믿어 줄지 어떨지 나도 모르겠다. 원래 경찰들은 유머를 이해하지 못한다. 상식을 관리하는 직업이니 당연한 일이다. 나는 개그맨의 일이란 상식과 비상식의 틈새를 노리는 것이며 그것이 곧 유머라고 생각한다. 아, 이러면 안 되지. 개그를

하는 사람이 개그를 논하기 시작하면 끝장이다. 재미있는 것
도 재미없어지고 마니까.

그러니까 어쨌든 나와 다카시는 다른 사람들이 보기엔 도
저히 이해할 수 없는 특이한 관계다. 하지만 서로 이익도 얻
고 존중한다. 적어도 나는 그렇다.

다카시의 집은 거실 하나가 내가 사는 낡은 아파트의 세
배 정도는 될 만큼 넓다. 나와 다카시는 언제나처럼 각자 먹
을 만큼만 그릇에 담아서 식탁에 앉았다.

"잘 먹겠습니다."

다카시의 어머니는 바쁘지만 꼭 다카시와 나를 위해 제대
로 된 저녁을 준비해 둔다. 게다가 스튜처럼 다카시가 손쉽게
데워서 먹을 수 있는 음식이다. 이런 말을 하면 잘난 척하는
것처럼 들리겠지만 다카시는 어머니의 사랑을 듬뿍 받고 있
다. 비록 열쇠로 문을 열고 빈집에 들어가야 하기는 해도, 바
로 이 사랑 덕분에 녀석은 까다롭고 건방지지만 올곧게 자랄
수 있었다고 생각한다.

"마사야 형, 오늘은 뭐 해?"

"일."

"어디서?"

"스트립쇼 극장에서 분위기 잡기."

"그래? 잘해. 아저씨들 상대로 하는 거니까 그거 해 보는
건 어때? 웃으면서 푸념 늘어놓는 거. 여자 좋아하는 아저씨

들의 심금을 울릴지 모르잖아."

"나도 그 생각했어."

초등학교 3학년생이 생각할 수 있는 말이 아니다. 하지만 다카시의 말은 '적절'하다. 나는 순순히 동의했다. 다카시 어머니가 만든 음식은 항상 맛있다. 이 집이 없었다면 나는 이미 오래 전에 영양실조에 걸렸을지도 모른다. 어떻게든 영양실조까지 걸리지는 않았을지 몰라도 '어머니의 손맛' 뭐 그런 식당을 찾아다녔을 것이다. 다카시 어머니는 일본 요리도 잘하신다. 다카시 어머니의 된장국을 한번 맛보면 음식점 된장국은 먹지 못한다.

"오늘도 어머니 늦으신대?"

"늦으시겠지?"

다카시는 초등학생인 주제에 밥을 아주 빨리 먹는다. 나도 느린 편은 아니다. 그런데 내 그릇에 스튜가 아직 반 이상 남아 있는 데 비해 다카시의 그릇엔 몇 숟가락밖에 남아 있지 않았다.

"넌 외롭지 않냐?"

"무슨 바보 같은 소릴 하는 거야? 어린애도 아닌데."

역시 건방져. 이 넓은 집에서 혼자 어머니가 돌아오기를 기다리는 다카시를 생각하면 늘 좀 걱정되기는 한다. 하지만 그렇게 혼자 있어 버릇해서 다카시가 자립심 강한 아이로 자랐는지도 모른다. 정말 말하는 것도 하는 짓도 어린애다운 구석이 없다. 내가 밥을 다 먹을 즈음 다카시는 벌써 자기가 먹은 그릇의 설거지를 끝내고 소파에 누워서 텔레비전을 보고 있었다.

"공부 안 해도 돼?"

"이미 했어."

"숙제 봐 줄까?"

"마사야 형이 봐 주는 거나 나 혼자 하는 거나 똑같아."

"예예."

그건 그래. 그냥 놔둬도 반에서 항상 1등이니까. 나는 저만할 때 코 질질 흘리면서 교실 안을 뛰어다녔었는데. 하지만 다카시보다는 그런 내가 더 솔직하고 귀염성 있었다고 생각한다. 다카시 같은 녀석이 반에 있으면 선생님도 힘들 것이다.

"개그 소재 또 만들어 올 테니까 모레 그 공원에서 볼까?"

"시간이 나면."

다음 날 저녁 나는 일을 하러 갔다. 결과는 그런대로 나쁘지 않았다. 여자의 알몸을 보러 오는 녀석들이 조금이라도 웃어 주면 그만이다. 자신에게 너무 너그러운가? 나는 일당을 받아 가지고 극장을 나왔다. 다른 여자의 알몸 따위에는 흥미가 없다. 약속이 있으니까.

신주쿠 '스튜디오 알타' 앞, 텔레비전에 많이 나오면 이런 곳에서 어슬렁거리지도 못하겠지만 슬프게도 나를 아는 사람은 아무도 없기 때문에 당당하게 기다릴 수 있다.

에이코는 약속 시간보다 5분 늦게 왔다. 늘 그렇듯이 수수한 옷차림에 엷은 미소를 띠고 있다. 나의 어디가 좋은 건지 아직도 모르겠지만 에이코와 내가 사귄 지도 1년이 되어 간다. 내 여자 친구여서가 아니라 에이코의 얼굴은 정말 반듯하고 특별히 멋을 부리지 않아도(지저분한 옷차림을 한 내 옆에 멋을 잔뜩 부린 여자가 있어도 곤란하지만) 지나가던 남자들이 무의식중에 돌아다볼 만한 화려함이 있다.

다만 일러두겠는데 아름다운 장미에는 가시가 있는 법이다. 나는 손끝이 피투성이가 돼도 행복하니까 상관없지만.

"내일은 뭐 해?"

"내일은 쉬니까 시간 많아."

만날 약속은 에이코의 일정에 맞춘다. '레이디 퍼스트'라서가 아니라 그저 내가 할 일이 없는 날이 많기 때문이다. 에이코는 약학 대학원에 다니고 있어서 실험이나 논문으로 바쁘고 생활이 불규칙하다. 그래도 일주일에 몇 번은 만날 수 있다. 내 일이 시간을 조절할 수 있기 때문이다.

우리는 패밀리 레스토랑에서 저녁을 먹고 심야 영화를 봤다. 화려한 액션 영화였다. 영화를 다 보고 나서 우리는 가까운 햄버거 가게에 들어갔다.

"재미있었어?"

"마사야가 하는 개그만큼."

그렇게 말하는 에이코의 표정을 뭐라 설명하면 좋을까? 장난꾸러기의 천진난만한 얼굴과 사극에 나오는 악인이 "자네도 악당일세."라고 말할 때의 표정이 반반씩 섞인 얼굴이랄까? 게다가 미인이다. 어때? 대충 알 것 같지 않은가?

"그래, 정말 재미있었나 보네? 그렇게 재미있는 영화인 줄 몰랐어. 내일 한 번 더 볼까?"

"그래, 한 번 더 봐."

아침부터 햄버거를 물어뜯으면서 이야기하는 건전한 두 사람.

"뭐 어쨌거나 어떤 현상에서든 무언가 배우는 게 어른이야. 그러니까 영화도 그렇고 네 개그도 재미없어도 괜찮아. 거기에서도 뭔가 배울 점이 있을 테니까."

에이코와 사귀면서부터 나는 말로 표현하지 않는 부분까지 제대로 이해하는 남자가 되었다고 생각한다. 한 가지 확실한 것은 영화를 볼 때보다 에이코와 이야기할 때가 더 즐겁다.

"그러면 내가 하는 개그에서도 뭔가 배울 점이 있어?"

"물론이지."

"어떤 점?"

에이코는 햄버거를 다 먹고 나서 포장지를 동그랗게 구긴 다음 손을 닦았다.

"사람을 좋아한다는 게 참 이상한 일이라는 것."

정말 속마음을 알 수 없는 에이코를 보면서 특별히 기분 나빠하지 않는 나도 역시 좋은 녀석이라고 생각한다.

그날 저녁 나는 항상 그랬듯이 집 근처에 있는 작은 공원에서 개그 소재를 만들고 연습하면서 꼬마 양반을 기다렸다. 다카시와 만날 때는 몇 시라고 딱히 시간을 정하지 않는다. 그 녀석은 약속해도 제시간에 오지 않고 또 약속까지 할 정도의 사이도 아니다. 그래서 느긋하게 기다리기로 했다.

공원에는 그네도 철봉도 없다. 겨우 모양만 갖춘 모래밭과 지저분하고 작은 벤치가 있을 뿐이다. 게다가 햇빛도 잘 들지 않는다. 그래서 사람들이 거의 찾아오지 않기 때문에 나는 이 공원을 연습 장소로 자주 이용한다.

우리 집은 옆집 말소리가 다 들리고 산만해서 재미있는 소재가 떠오르지 않는다.

저녁 무렵 다카시가 왔다. 가방을 메고 있지 않은 것으로 보아 일단 집에 들렀다가 온 모양이다.

"다카시, 오늘은 뭐 재미있는 일 있었어?"

"아니."

늘 똑같은 인사말이다. 주위에서 우리를 보면 나이 차이가 많이 나는 사이 나쁜 형제로 보일 것이다. 다카시는 나를 한 번 힐끗 쳐다보고 나서 공원을 나갔다. 그리고 잠시 뒤에 편의점 봉지를 들고 돌아왔다.

"조금만 줘."

"알았어."

다카시는 사 가지고 온 사이다를 조금 나눠 주었다. 사이다는 싸하게 목 줄기를 타고 넘어가 눅눅한 공원의 공기에 싸여 있던 나의 몸과 마음을 씻어내 주었다.

"그럼 해 볼까?"

다카시 님의 한마디로 오디션이 시작되었다. 나는 다카시의 그 소리를 들을 때마다 항상 지금 소속된 연예기획사에 들어가기 위해 보았던 오디션이자 내가 처음 했던 오디션이 생각난다. 양복을 입은 사람들 앞에서 개그를 하면서 나는 어느 때보다도 긴장했었다. 내 개그가 정말 재미있는지 판정받는다. 그건 시험을 못 봐서 유급되는 것보다 백배나 떨리는 일이었다. 점수는 매기지 않지만 나는 염라대왕 앞에서 천국행인지 지옥행인지 재판을 받는 심정이었다. 내 개그가 재미없다고 판단되면 지금까지 내가 해 온 선행, 즉 남을 웃겨 온 일이 모두 거짓이 되기 때문에 당연히 지옥행이다. 물론 개그로 먹고 살겠다는 내 마음도 지옥처럼 깊은 곳까지 떨어지게 된다.

지금 생각하면 우리 회사는 아주 작아서 떨어질 일은 없었을 것이다. 그래도 그때로 돌아간다면 아마 눈앞이 캄캄해질 정도로 똑같이 떨릴 것이다.

"뭐 그럭저럭 괜찮네. 그냥 무난해."

무난하다는 말을 다른 녀석한테 들었다면 극형에 처했을지 모르지만 다카시의 무난하다는 말은 내 판단으로는 합격

점이다. 나는 개그 메모장에 조그맣게 동그라미를 그렸다.

"마사야 형, 배고프다."

다카시 님의 말을 오늘은 순순히 들을 수 있다.

오늘 메뉴는 생선구이다.

"맛있다."

감동하는 나를 곁눈질하면서 다카시는 냉담하게 말했다.

"생선구이 정도는 여자 친구한테 만들어 달라고 해."

'바보, 이렇게 맛있게 구울 수 있는 사람은 너의 엄마밖에 없어.' 라는 말이 목구멍까지 넘어왔지만 참았다. 에이코는 멋진 여자다. 정말 나 같은 녀석에게는 아까운 여자지만 요리는 하지 않겠다고 선언했다. 그 대신 내가 가난하다는 사실을 알고 있기 때문에 데이트할 때 덮밥이나 햄버거라도 절대로 불평하지 않는다. 사실 여자가 요리를 잘해야 하는 시대도 아니다. 그런 생각을 조금이라고 가지고 있거나 그런 생각을 조금이라도 무대에서 내비친다면 절대로 여성 관객을 웃기지 못한다. 어쨌든 지금 나는 에이코와 함께 있다는 행복과 생선구이를 먹을 수 있다는 행복에 감사한다는 것만은 확실하게 말할 수 있다. 감사의 마음을 잊지 않을 때 나 자신과 타인에게 웃음을 줄 수 있다, 아마도.

다카시는 언제나 그렇듯이 누워서 텔레비전을 보기 시작했다. 개그 프로다. 다카시는 결코 소리를 내서 웃지 않는다. 하지만 재미있을 때는 입꼬리가 약간 위로 올라가면서 후후

하고 코로 숨을 내뿜는다. 잘 모르는 사람이 보면 어쩌면 저렇게 차가운 표정으로 웃을 수 있을까 생각할지도 모르지만 다카시가 웃는 코너의 개그맨은 확실히 인기가 있다. 내가 보기에 재미가 없어도 인기가 있다. 반대로 다카시가 화면을 노려보듯 보고 있으면 그 개그맨은 불합격이다. 이런 점이 내가 이 녀석을 대단하다고 생각하는 이유다. 예를 들면 다음과 같다.

반 년 전 내가 공원에서 개그를 연습하고 있을 때였다. 나는 언제부터인가 연습을 보고 있는 녀석이 있다는 사실을 깨달았다. 그 녀석이 다카시였다. 처음에는 '뭐야 이 꼬마!' 라고 무시했다. 하지만 인기 없는 개그맨은 자신의 개그를 봐주는 사람이라면 누구에게든 관심이 생길 수밖에 없다. 나는 곁눈질로 다카시를 살펴보았다. 다카시는 내가 하는 개그를 보면서 좀 전에 텔레비전을 볼 때처럼 입꼬리를 올리면서 웃기도 하고 무표정하게 보고 있기도 했다. 상대가 꼬마라도 좋아해 주면 기쁘고 그렇지 않으면 실망스럽다. 처음에는 그 정도의 관계였지만 사람들 앞에서 개그를 하게 되면서 새로운 사실을 깨달았다. 다카시가 웃어 준 소재는 반응이 아주 좋았던 것이다.

반대일 때도 있었다. 내가 아무리 자신이 있는 소재라도 다카시가 웃지 않으면 결과는 형편없었다. 그래서 어느 날 나는 자존심을 버리고 다카시에게 말을 걸었다.

"야! 너, 내가 하는 개그 재미있니?"

다카시는 텔레비전을 켜 놓은 채 잠들어 있었다. 잠든 다카시를 들여다보니 영락없는 초등학교 3학년 남자아이의 얼굴이었다. 지금은 눈을 감고 있어서 보이지 않지만 다카시는 미인인 어머니를 닮아 크게 쌍꺼풀이 지고 꼬마치고는 콧날도 오뚝하다. 아마 어른이 되면 여자들에게 꽤 인기가 있을 것이다. 그리고 지금도 다카시가 스스로 굳은 표정을 짓지 않는다면 충분히 사랑스러운 열 살 어린아이의 얼굴이다. 다카시가 어린아이로 보일 때는 잠자고 있을 때나 어머니 앞에서뿐이지만.

깨우고 집에 돌아갈까 생각하다가 자주 볼 수 없는 다카시의 천진난만한 얼굴을 보고 있자니 깨우고 싶은 마음이 사라졌다. 그래서 녀석이 잠에서 깰 때까지 기다리기로 했다. 어차피 내일도 별로 할 일이 없다.

문을 닫는 소리에 잠에서 깼다. 아무래도 나까지 잠들어 버렸던 것 같다. 시계를 봤더니 벌써 열두 시가 넘어 있었다.

"어, 마사야 왔어? 잘 왔어."

"죄송해요, 이렇게 밤늦게까지. 다카시가 잠이 들어 버려서 깰 때까지 기다린다는 게 그만 저까지 잠들어 버렸어요."

소파 위에서 자고 있던 다카시의 발치에 앉아 나도 소파에 기댄 채로 잠들어 버렸던 것이다. 나는 천천히 일어나서 어머니께 인사를 드렸다.

"죄송해요, 또 밥까지 얻어먹고. 늘 신세만 지고 있습니다."

어머니는 양쪽 귀에서 귀걸이를 빼 테이블 위에 놓았다.

"아냐, 괜찮아. 우리 애 먹을 밥 일인분만 하는 게 오히려 어려워. 우리 애도 혼자서 먹는 거보다 마사야랑 같이 먹는 게 좋을걸."

다카시의 어머니는 5년 전에 남편과 이혼하고 나서 대학교 동창들과 벤처 기업을 설립했다. 지금은 사업의 틀이 잡히고 많이 안정되었다. 좀 촌스러운 표현을 빌리자면 다카시 어머니는 활기 넘치는 커리어 우먼이다. 우리 아버지가 회사에서 몇 십 년간 열심히 일해서 겨우 받게 된 월급을 서른한 살이라는 젊은 나이에 손에 넣었다.

그렇다고 해서 일이 편해진 듯 보이지는 않았다. 자기들이 세운 회사인 만큼 한 순간도 긴장을 풀 수 없고 오늘처럼 밤 늦게까지 일하는 날이 많은 것 같았다.

"어때, 요즘 일 잘돼? 텔레비전에 나와?"

다카시의 어머니는 젊었을 때 미인이란 말을 많이 들었을 것이다. 물론 지금도 아주 아름답다. 아직 서른 정도니까 당연한 일이지만 다카시의 어머니가 아니었다면 나와 같은 눈높이에서 이야기를 나누었을 것이다. 아마 나와 다카시의 어머니가 함께 있는 모습을 누군가 본다면 내가 예쁜 누나를 동경하는 변변치 않은 녀석으로 비칠지도 모른다. 결국 나는 이

모자 중에 누구와 함께 있어도 수상한 사람인 것이다, 하하.

무슨 말을 하고 싶은가 하면, 사람은 자신이 처한 입장에서 자신의 캐릭터를 만들어 낸다는 뜻이다. 다카시의 어머니는 역시 아무리 예뻐도 다카시와 떼어 놓고 생각할 수 없다. 물론 반대로 생각해도 마찬가지다. 다카시 어머니에게 나는 다카시의 형과 같은 존재로 보일 뿐이다. 다만 에이코가 이런 상황에 있는 나를 보면 뭐라고 말할지 생각해 볼 수는 있다. 나는 자의식이 너무 강해서 탈이다. 에이코는 아마 아무 말도 하지 않을 것이다.

평소 때처럼 웃으며 "나한테 뭐 할 말 있어?"라고 묻겠지, 틀림없이.

"내일 방송국 일이 있어요. 다른 사람들도 많아서 텔레비전에 나올지 어떨지는 모르지만."

"어머, 대단한걸. 처음엔 다 그렇게 시작하는 거야."

다카시 어머니는 문을 열고 욕실로 들어갔다가 몇 분 뒤에 화장을 지운 맨 얼굴로 나왔다.

"미안, 오랫동안 화장한 채로 있으면 피부에 안 좋거든. 그래서 집에 오면 바로 화장을 지우고 싶어서 못 참겠어."

여자는 화장하지 않은 얼굴이 아름답다고 말하는 사람들이 많다. 나도 같은 의견이다. 다카시 어머니의 눈부신 맨 얼굴과 웃음에 가슴이 조금 두근거리는 것도 어쩔 수 없는 현상이다.

"저야말로 정말 밤늦게까지 죄송합니다. 이제 가 볼게요."

"아냐, 난 정말 상관없어."

"아니에요, 어머니께서도 일하시느라 피곤하실 텐데 그만 가 봐야죠. 아, 다카시는 어떻게 할까요, 침대에 누일까요?"

작은 악마이자 천사인 다카시는 나와 자기 어머니가 이야기하는 소리에도 깨지 않고 새근새근 숨소리를 내며 자고 있었다.

"괜찮아, 나중에 내가 데려다 눕힐게. 나도 가끔은 엄마 노릇을 해야지. 우리 애는 한번 잠이 들면 지진이 나도 천둥이 쳐도 안 일어나."

"크게 될 인물이니까요."

다카시의 이야기를 할 때면 어머니의 표정이 한층 더 아름답고 부드러워진다. 나는 다시 한 번 인사를 하고 자리에서 일어났다. 다카시의 어머니는 현관까지 배웅해 주면서 좀 전보다 더 진심 어린 목소리로 나에게 말했다.

"꼭 또 와야 돼. 다카시는 마사야와 만나는 날엔 평소보다 활발하거든. '오늘 마사야 형 만나기로 했어.'라면서 밝은 얼굴로 얘기하곤 해. 조금 까다로운 아이라서 힘들겠지만 우리 애가 그 정도로 잘 따르는 사람은 거의 없거든. 그러니까 다카시하고 또 같이 놀아 줄 거지?"

'음, 나도 꽤 쓸모가 있군.'

꼬마에게 달라붙어 나만 이익을 보는 것이 아니었다.

"아뇨, 다카시가 저랑 같이 놀아 주는 거예요. 여러모로 신세도 지고 있고."

신발 끈을 묶고 얼굴을 들자 어머니의 반짝거리는 눈동자와 마주쳤다.

"일 말하는 거야? 정말 우리 애한테 그런 재능이 있어? 잘 웃지 않는 애라서."

"그렇지 않아요. 저는 다카시가 참 대단하다고 생각해요. 그런데……."

나는 늘 마음에 걸렸던 것을 솔직하게 물어보았다.

"다카시가 저에 대해 뭐라고 말하나요?

나의 진지한 눈빛이 우스웠는지 다카시의 어머니는 풋 웃으면서 이렇게 대답했다.

"재미있을 때도 있는데 뭔가 조금 부족하단 말이야."

다카시와 내가 처음 만났을 때부터 나에 대한 평가는 아직도 변함이 없는 듯했다.

2. 혼자와 둘

마사야

다음 날 나는 텔레비전 프로그램의 녹화를 했다. 프로그램 개편 시기에 특집으로 방송하는 예능 프로그램이고 나는 사회자 뒤에서 다른 많은 개그맨과 함께 기회를 기다리는 별로 눈에 띄지 않는 역할이었다.

개그맨 전체 인원수는 40명. 그중에서 눈에 띄기란 지극히 어려운 일이고 눈에 띄어도 방송을 탈 확률은 내가 생각하기에는 천문학적 숫자에 가까웠다. 예상했던 대로 나는 특별한 장면 한 번 연출하지 못한 채 녹화를 끝냈다.

그렇게 많은 출연자를 제치고 앞으로 나가지 못하는 것이 나의 단점이다. 그런 주제에 사람들 눈에 띄고 싶어 하다니, 눈에 띄는 직업을 택한 것이 커다란 모순점이다. 라이벌이자

동료인 같은 세대 개그맨들을 보고 있으면 어느 세계에 몸을 담고 있어도 신에게 선택받은 녀석에게는 이길 수 없다는 생각을 하게 된다. 하지만 나는 앞으로도 이 세계에서 살아갈 것이고 낙제 인생으로 끝낼 생각은 없다.

내가 소속되어 있는 연예기획사는 이런 회사치고는 정말 규모가 작은 곳이다. 규모가 큰 기획사에 소속되어 있는 녀석들은 우리와 같은 아주 작은 기획사와는 다르다는 엘리트 의식이 있다. 오늘도 규모가 큰 기획사에서 온 녀석들이 과반수를 차지했다. 그중에는 이미 이런 눈에 띄지 않는 일보다 한 단계 위의 일을 하는 녀석들도 있고 개그맨 콘테스트에서 상을 탄 녀석들도 있었다.

다만 이런 일을 하는 사람들은 대부분 좋은 녀석들이다. 그래서 전에 같은 곳에서 일했던 동료들끼리 술을 마시러 가게 되었다.

"요즘 어때?"

"늘 그렇지 뭐."

"아르바이트해?"

"응, 편의점에서."

나와 비슷한 일을 하는 녀석들은 지금 하는 일만으로는 먹고살 수 없다. 당연히 아르바이트를 하면서 생활한다. 나는 학생 시절부터 편의점에서 아르바이트를 했다. 지금도 그 아르바이트를 계속하고 있으니까 7년째 접어드는 셈이다.

"생활하는 데는 지장 없어?"

"아르바이트하면 생활은 돼."

싼 선술집에서 싸구려 술만 시켜 놓고 이야기하는 다섯 명의 젊은이들. 아니 젊다고 하기에는 좀 그렇다. 한 명은 서른여덟 살, 또 다른 한 명은 서른세 살. 하지만 이 바닥에서는 이름이 알려지지 않으면 젊다고 한다.

"아까 그 녀석들 역시 대단하더라."

그 녀석들이란 '야마시타와 오구라'라는 콤비를 말한다. 오늘 방송국에서 녹화할 때도 우리들 중에서 가장 인기가 많았다. 대형 연예기획사에 소속되어 있는 기대주다.

나까지 포함해서 여기 있는 녀석들 모두 아마 '나도 저 정도는 할 수 있을 텐데.'라고 생각했을 것이다. 그러면서 한편으로는 '역시 이길 수 없는 건가.'라는 생각도 들었을 것이다. '야마시타와 오구라'는 이 자리에 있는 서른여덟 살과 서른세 살인 두 사람과 같은 기획사에 소속된 후배다. 모두 모래성 같은 자신감은 있다. 금방 무너지지만 또다시 간단히 쌓아 올릴 수 있는 자신감. 문제는 포기하지 않고 몇 번이나 다시 쌓아 올릴 수 있는가에 있다.

개그맨 동료가 모여서 이야기하는 내용은 대개 정해져 있다. 술, 돈, 여자 그리고 개그.

열정적인 녀석, 냉정한 척하는 녀석 그러나 하나같이 불안감과 자신감의 틈바구니에서 가까스로 균형을 잡고 살아간다. 모두 같은 처지에 있는 사람들이다.

"저기 있잖아."

나는 오늘 멤버 중에서 나처럼 혼자서 활동하는 나카노에게 말을 걸었다.

"혼자 활동하는 데에 한계를 느낀 적 없어?"

최근 나는 다시 한 번 누군가와 콤비를 만들고 싶다는 생각을 자주 했다. 나는 처음에 개그 콤비 활동을 동경해서 이 세계에 들어왔다. 내가 소속된 기획사에는 내 또래가 한 명밖에 없었다. 사장의 권유로 그 사람과 콤비로 활동했지만 반응이 좋지 않았다. 그는 결국 기획사를 그만두고 고향으로 내려갔다. 그와 나는 관심 있는 소재가 너무 달라서 한 번도 제대로 된 개그를 만들지 못했다. 그 뒤로 나는 혼자 활동하게 되었는데 2년이 지난 지금, 조금씩 한계를 느끼고 있다. 역시 혼자서도 잘하는 녀석은 비록 인기를 얻지 못해도 확고한 의지가 있는 녀석이다. 그러나 나는 그런 타입이 아니다.

"나는 혼자 하는 게 오히려 잘돼."

"하지만 혼자서 힘들지 않냐?"

이야기 중간에 끼어든 것은 나와 마찬가지로 그다지 크지 않은 연예기획사에 소속되어 있는 스기타였다.

스기타는 콤비로 활동하고 있지만 짝을 이루고 있는 상대와 사적인 공간에서는 항상 따로 행동한다. 개그를 만들어서 맞춰 보고 실제 무대에 설 때 외에는 연락도 거의 하지 않는다고 한다.

"나는 내가 만든 개그를 관객 말고 아무도 받아 줄 사람이 없으면 무서워서 무대에 못 올라가겠어."

"나는 아무렇지 않은데."

나카노는 천재 기질이 있는 녀석이다. 소수지만 진짜로 극소수지만 열광적인 팬도 있다. 나카노의 무대는 분위기가 특이하다. 하지만 나카노는 내 개그를 이해하는 사람만 이해하면 된다는 강한 신념이 있다. 그래서 무대 분위기가 고조되지 않아도 아무렇지 않게 개그를 끝까지 다 하고 내려온다. 나카노의 그런 모습을 보고 있으면 '난 저렇게까지는 못 할 거야.'라는 생각이 들기도 한다.

"콤비도 여러 가지로 힘들어. 나와 같이 하는 친구는 대본도 못 짜고 연습 시간에도 늦게 오고 여자한테만 미쳐 있다니까. 한 1년 더 해 보고 결과가 안 좋으면 헤어질 거야."

"그래? 그 녀석이 그렇게 여자한테 인기가 많아?"

이렇게 해서 화제가 스기타와 함께 일하는 짝에 대한 이야기로 옮겨 갔다.

술을 실컷 마시고 집으로 돌아오는 길에 나는 원래 잘 돌아가지 않는 머리, 지금은 더 안 돌아가는 머리로 생각했다.

'나란 녀석은 도대체 어떤 녀석일까?'

도쿄의 밤하늘에는 별이 하나도 보이지 않았다.

그래도 하늘을 쳐다보면서 걸었더니 긍정적인 기분이 들

었다.

'내가 혼자에 한계를 느끼는 건 결국 도망치는 걸까? 실제로 혼자 하는 게 좋다는 녀석도 있어. 핑계일까? 이 일이 이젠 싫어진 걸까? 어떻게 해야 하나.'

하지만 눈앞에서 갈채를 받는 녀석들을 보면 부럽다. 나도 웃음으로 박수를 받고 싶다는 마음이 솟는다. 그런 마음이 있는 한 아직 희망이 있다. 학교 다닐 때 시험에서 1등을 한 녀석이나 여자애들이 소리 지르며 좋아하는 운동부 녀석들을 봐도 부럽다고 생각한 적이 없었다. 그렇지만 사람들을 웃기는 재주가 있는 녀석을 보면 정말 부러웠다. 요컨대 바로 그런 것이다, 내가 하고 싶은 것은.

다카시

평소에는 먼저 말을 걸지 않는 '곤충 박사' 오쿠보가 쉬는 시간에 나에게 질문을 했다.

"다카시, 넌 좋아하는 게 뭐니?"

"게임이랑 텔레비전 보는 거."

대답하고 나서 나는 조금 부끄러워졌다. 다른 아이들이었다면 그런 생각이 들지 않았겠지만 상대는 '곤충 박사' 다. 왠지 나 자신이 아주 어린애처럼 느껴져서 괜히 안절부절못하고 있는데 오쿠보는 별로 신경 쓰지 않는 눈치였다.

"그렇구나, 우리 부모님은 게임기 안 사 주거든. 다음에 너의 집에 놀러 가도 돼?"

"물론이지."

엄마한테 물어보고 나서 대답할걸 그랬나 싶은 생각이 들어 잠깐 후회했지만 우리 집에 놀러 오고 싶다는 말을 들었을 때는 솔직히 기뻤다.

"우리 부모님은 곤충도감이 비싸서 게임기는 못 사 준대. 사실 나도 게임하고 싶은데."

오쿠보는 말하고 나서 웃었다. 아무리 '박사' 라는 말을 듣는다고 해도 역시 어린애였다. 곤충 말고도 관심 있는 일이 있다는 것이 나에게는 아주 신선하게 느껴졌다.

리코의 인기는 새 학년이 시작된 뒤부터 변함이 없었다. 선생님들도 리코를 아주 좋아했고 반에서 리코를 나쁘게 말하는 아이는 한 명도 없었다. 이렇게 되면 남는 사람은 성질이 비뚤어진 나밖에 없다. 나는 아무래도 리코가 반 아이들이 생각하는 천진난만한 아이는 아닐 것이라는 생각이 들었다.

리코의 자리는 내 앞자리에서 왼쪽 두 번째다. 리코는 수업 중에 가끔씩 시무룩한 표정을 지을 때가 있다. 그 표정을 뭐라고 표현하면 좋을까? 불안이라고 할까, 뭔가를 생각하면서 후회하는 듯한 표정이다. 하지만 쉬는 시간이 되면 리코는 보통 때처럼 웃는 얼굴로 친구들 이야기를 듣는다. 그런 리코를 보고 나는 참을 수 없는 답답함을 느꼈다. 수업 중에 비스

듬히 뒤에서 보이는 리코의 표정이 나의 착각이었으면 좋겠다는 생각마저 들었다.

그러나 내 느낌이 착각이 아니라고 확신한 적이 있다. 리코는 늘 혼자 집에 간다. 리코만큼 인기가 있는 아이라면 누군가 반드시 같이 가자고 말을 걸기 마련이다.

하지만 리코는 좀 곤란한 표정으로 웃으면서 거절하기 일쑤였다. 차츰 주위 아이들도 리코를 곤란하게 하고 싶지 않은지 집에 갈 때에는 말을 걸지 않았다. 리코가 왜 혼자 가고 싶어 하는지 아는 아이도 묻는 아이도 없었다.

그날 나는 공원에서 마사야 형의 연습을 보기로 약속했다. 그래서 집에 들러 가방을 두고 가기 위해 서두르고 있었다.

"다카시."

귀에 익은 목소리에 뒤를 돌아보았더니 리코가 서 있었다.

"걸음이 빠르구나."

리코가 집에 돌아가는 모습은 어떤 의미에서는 봐서는 안 되는 것이었기 때문에 여느 때처럼 말을 걸어 온 리코에게 나는 조금 놀랐다. 게다가 나는 교실에서도 리코와 제대로 말을 해 본 적이 없다. 그런 사이인 리코와 갑자기 말을 하기란 쉬운 일이 아니었다.

"리코, 너의 집도 이쪽이야?"

"응."

아무 일도 없었다는 듯이 내 옆에서 나란히 걷는 리코를 보고 나는 점점 더 당황했다. 하지만 리코는 평상시와 다름없이 웃는 얼굴로 천천히 걷기 시작했다.

"집에 가는 거야?"

"그럼, 당연하지."

그건 그렇지. 나는 내가 이상한 말을 하고 있다는 생각이 들어 쓴웃음을 지었다. 그리고 나서 리코와 나는 잠깐 동안 아무 말 없이 걷기만 했다.

그러고 보니 항상 다른 아이들이 먼저 리코에게 말을 걸었다. 그러니까 내가 말을 걸지 않으면 지금의 이 침묵은 깨지지 않다는 뜻이다. 그래서 무슨 말을 할까 생각하고 있을 때 리코가 먼저 입을 열었다.

"너는 집에서도 잘 웃지 않니?"

내가 리코를 돌아다보자 리코는 평상시보다 더 순진한 얼굴로 나를 바라보고 있었다.

"그렇지 않을걸."

난 엄마나 마사야 형 앞에선 학교에서보다 더 잘 웃는다.

"그렇구나, 그럼 학교에서는 왜 잘 안 웃는데?"

"왜라니, 무슨 재미있는 일이 있어야지."

"재미있는 일이 없으면 안 웃어?"

내가 알고 있는 한 리코는 분명히 남의 말을 잘 들어 주는 아이였다. 지금 계속해서 내게 질문하고 있는 리코는 혹시 다른 사람인가? 나는 아무 거리낌 없이 물끄러미 리코의 얼굴을 바라보았다. 역시 평상시와는 조금 다른 느낌이 들었다.

내 대답을 기다리지 않고 리코는 말을 이었다.

"나는 재미없어도 그냥 웃는 게 더 낫다고 생각해. 긴장을 풀고 있을 때나 평소에도 웃는 얼굴이 좋아."

"왜?"

"아니, 그러니까 웃지 않으면 상대방이 불안할지도 모르잖아."

내 옆에 있는 리코가 교실에 있었던 리코와 다르다고 해도 역시 리코는 리코였다. 내가 이때처럼 누군가와 처음부터 말을 많이 한 적은 거의 없었다. 아, 한 명 있다. 인기 없는 개그맨. 뭐 그 사람을 빼고 내가 지금 말하고 있는 것은 틀림없이 리코가 지닌 어떤 힘 덕분이라고 느꼈다.

"힘들지 않아?"

"다카시야말로 힘들지 않아? 나는 다카시처럼 하는 게 더 힘들 거 같은데."

"아니, 안 힘들어."

"강하네."

'아닌데.' 라는 말을 꾹 참으며 나는 고개를 가로저었다. 갈림길이 나오자 리코는 왼쪽 길을 가리켰다.

"우리 집은 이쪽이야."

우리 집은 오른쪽이다. 여기서 헤어져야 했다. 내가 그냥 서 있자 리코는 여느 때와 다름없이 웃는 얼굴로 나를 바라보았다. 나는 무언가에 이끌리듯이 리코에게 물었다.

"왜 항상 혼자 집에 가?"

리코가 웃으며 대답했다.

"너도 혼자 가잖아."

그리고 장난 섞인 말투로 이렇게 말했다.

"거의 매일 곧바로 집에 가거든, 다른 곳에 들르지 않고."

"응."

"단지 한 달에 한 번 병원에 가."

변함없이 미소 띤 얼굴이었다. 그리고 내 표정도 아마 분명히 여느 때와 다르지 않은 무관심한 표정이었을 것이다. 나는 이런 때 어울리는 표정을 잘 모른다.

"별로 심한 건 아니야. 나는 오른쪽 귀가 들리지 않아. 아마 태어날 때부터 그런 것 같아. 그래서 이비인후과에 다니고 있어. 왼쪽 귀는 잘 들리니까 별로 불편하지는 않아. 오른쪽 귀가 들리지 않는다는 걸 오래 전부터 알고 있었지만 겁나서 아무한테도 얘기하지 못했어. 확실하게 알게 된 건 초등학교 들어가면서부터야."

"치료할 수 없는 거야?"

"오른쪽 귀는 안 나을 거래. 그러니까 지금 병원 다니는 것도 아주 잠깐 동안 의사 선생님과 이야기만 하고 끝나. 매일 누구랑 집에 같이 가면 병원 가는 날만 '오늘은 좀 힘들어.' 라고 말해야 되잖아. 그게 싫어서."

리코가 이렇게 말을 많이 하는 아이인 줄은 몰랐다. 그렇게 친구들 이야기를 잘 들어 준 건 혹시 자기도 들어 주길 바라는 이야기가 있었기 때문이 아닐까? 말하고 싶지만 말할 수 없는 이야기가 있었기 때문이 아닐까?

"특별히 숨길 생각은 없지만 다들 나를 보는 눈이 달라질까 봐 좀 겁나. 하지만 정말 괜찮아. 오른쪽에서 말하면 조금 듣기 어렵지만 그냥 그것뿐이야. 딴 건 다 똑같아. 그러니까 일일이 말하고 싶지 않아."

그렇게 말하고 나서 리코는 억지로인지 자연스러운 것인지 모르겠지만 활짝 웃으면서 나에게 이렇게 말했다.

"그러니까 보통 때는 아무 일도 없으니까 만일 우연히 만나면 집에 같이 가자."

나는 헤어진 뒤에도 리코의 웃는 얼굴이 머릿속에서 떠나지 않았다.

마사야

그날의 무대는 사상 최악이었다. 조금이라도 박수를 받으면 '나 천재 아냐?'라고 생각하고 실패하면 '난 재능이 없어'라고 세상이 끝난 것처럼 낙담한다. 이게 나다. 그리고 '역시 혼자는 무섭다고 생각하는 녀석은 남에게 웃음을 주지 못하는 걸까.'라고 생각하기도 한다. 단지 오늘은 에이코를 만나는 날이라는 것이 조금 마음의 위로가 되었다. 비록 최악의 하루였지만 잠들기 전에 사소한 행복이라도 맛볼 수 있다면 내일은 더 열심히 할 수 있을 것 같았다. 가능하면 하루의 마지막은 행복하게 보내고 싶었다. 이것이 나의 소원이다. 그리고 대부분 좋은 일이란 에이코에 관한 일이다. 에이코의 목소리를 듣고 만나고……. 어쨌든 그런 일들은 나를 버티게 하는 마법의 주문과도 같다.

내가 에이코를 처음 만난 것은 정말 우연이었다. 에이코는 내가 아르바이트 하던 편의점에 가끔 오는 손님이었다. 나는 에이코를 곁눈질로 얼핏 봤을 뿐인데 강렬한 인상을 받았다.

마치 마스크를 쓰면 눈만 강조돼서 모두 미인으로 보이는 것과 비슷하다. 물론 에이코는 마스크를 쓰지 않았지만 커다란 눈과 긴 속눈썹이 머릿속에 남아서 에이코가 편의점에 올 때마다 정말 안절부절못했다. 계산대 뒤에 서 있었지만 눈은 늘 에이코를 보고 있었다. 어떻게 해서라도 말을 걸어 보고 싶었지만 걸 수가 없었다. 지금 생각해도 쑥스럽지만 어느 날 나는 작은 종이에 메일 주소와 짧은 메시지를 써서 편의점 봉지 안에 살짝 넣었다. 메모가 들어 있는지 모르고 봉지를 버리면 어쩌나 걱정되기도 했다. 아니면 기분이 상해서 다시는 편의점에 오지 않을지도 모른다고 생각했는데 다음 날 에이코가 편의점에 왔다.

"일 끝나면 잠깐 얘기할 수 있어요?"

그러고 나서 우리는 사귀게 되었다. 꼭 거짓말 같지만 정말이다.

그리고 나중에야 사실을 알게 되었는데 에이코는 내가 항상 자기를 보고 있다는 것을 눈치챘었다고 한다. 또 내가 언젠가는 말을 걸지도 모른다는 생각도 했다고 한다. 그래서 나는 에이코가 나를 기분 나쁘게 생각하지 않았는지 물어보았다.

"마사야가 항상 물건을 봉지에 꼼꼼하게 넣어 주는 모습이 맘에 들었거든."

나는 B형인데도 이상하게 성격이 꼼꼼한 편이다. 뜨거운 물건, 차가운 물건, 큰 물건, 작은 물건, 물방울이 맺힐 것 같은 물건, 꼼꼼하게 나눠서 봉지에 넣어야만 안심되었다. 인생이란 언제 무슨 일로 성공할지 모른다.

남자란 단순해서 좋아하는 여자에게 인정받는 것만으로 인생의 승자가 된 듯한 기분이 든다. 나는 항상 에이코에게 휘둘리고 가끔 불안해지기도 한다. 그리고 에이코에게 늘 지지만 지는 것을 인정할 수 있는 나는 한편으로 승자다. 하지만 내 자신감의 근거가 내 내면에 있지 않고 아무리 좋아하는 사람이라고 해도 남에게 의존한다는 것 때문에 가끔 고민하기도 한다. 내가 무언가 하나라도 내 안에 있는 것으로 자랑할 수 있는 날이 언젠가는 올까?

다카시에게서 문자가 왔다.

"내일 우리 집에서 게임하자."

다카시 님의 명령은 '절대적'이라기보다 나는 어른이지만 좋은 의미로 어리니까 다카시와 노는 편이 오히려 재미있다. 뭐 다카시가 보통 아이들과 다른 것은 말할 것도 없고 그런 기개 있는 녀석은 어른이든 아이든 내 주위에는 별로 없다.

그리고 무엇보다 나는 게임을 좋아하니까. 그래서 늘 그렇듯이 다카시네 집에 갔다.

다카시는 스포츠 게임을 좋아하기 때문에 같이 싸울 상대가 필요했다.

"집에서 게임만 하지 말고 가끔은 밖에 나가 놀아."

시골 아저씨 같은 내 말에 다카시는 차가운 말투로 반론을 폈다.

"이미지 트레이닝(올바른 기술 따위의 습득을 위하여 머릿속에 그 운동이나 동작을 그려 보는 연습법―옮긴이)이야."

실제로 다카시는 이론에만 철저한 녀석이 아니라 운동도 그런대로 잘한다. 이 녀석을 보고 있으면 건방진 변명투도 어쩌면 그 말이 맞을지도 모른다는 생각이 든다.

축구 게임은 비록 텔레비전 화면 속이지만 승부를 겨루기에 제격이다. 우리는 선제, 역전에 다시 역전을 거듭하면서 게임을 해 나갔다. 그러던 중 갑자기 다카시가 말을 꺼냈다.

"마사야 형, 여자 친구하고 잘돼 가?"

시선은 둘 다 텔레비전을 향하고 있다.

"응, 그런대로."

"그래?"

나의 헤딩슛이 성공해서 또 이겼다. 나는 꼬마라고 해서 봐주지 않고 정정당당하게 승부하는 아주 멋진 어른이다.

"갑자기 왜?"

"저기, 형 여자 친구는 형의 어디가 좋대?"

여전히 거침없고 무례한 녀석이다.

"모르겠는데. 뭐, 어린이는 모르는 아주 대단한 매력이 있었겠지."

"흠."

서로 말이 막힐 때마다 딸깍딸깍 게임의 컨트롤러 소리만이 방 안에 울렸다.

"왜? 좋아하는 여자애라도 생긴 거야?"

"응."

너무나 아무렇지도 않다는 듯 대답해서 나는 순간 잘못 들었나 했다.

"그래. 뭐? 정말이야?"

내가 다카시의 얼굴을 뻔히 쳐다보는 사이에 다카시가 골을 넣었다.

"마사야 형, 제대로 좀 해."

"어, 알았어. 근데 지금 게임할 때가 아니잖아."

다카시가 여자아이에 관한 이야기를 한 것이 처음이라서

나는 제정신이 아니었다. 동생이나 아들 같은 느낌이라고나 할까? 아니, 외동딸을 둔 아버지 같은 심정? 딸에게 남자 친구가 생겼다는 이야기를 듣고 어쩔 줄 몰라 하는 아버지처럼 나는 억지웃음을 지으며 말했다.

"그렇구나, 그럼 다음에 집에 한번 데리고 와, 하하하."

의미가 불분명한 그런 느낌이다. 그건 그렇고 이 녀석, 꼬맹이가 여자 이야기를 할 때는 약간 부끄러워하거나 호기심 같은, 좀 그런 맛이 있어야 하는 것 아닌가? 그런데 마음이 들떠 있는 건 오히려 내 쪽이다. 어째서? '어쨌든 이 녀석도 일단은 다른 사람과 똑같은 사람의 감정을 지니고 있다는 거야.'라고 생각했다. 그렇게 생각하자 또 아버지가 된 것 같은 기분이 들었다. '그래? 으음.'이라고 혼자 마음속으로 고개를 끄덕였다.

"그런데 어떤 애야?"

"우리 반 애."

"사진 있으면 보여 줘."

나는 완전히 아저씨 같은 말을 하고 있었다.

"없어."

게임이 끝났다. 동점 무승부다. 다카시는 바로 '계속'을 선택하고 게임을 다시 시작했다.

"그래서 어떻게 할 건데, 앞으로?"

"어?"

점점 더 당황하는 아버지가 된 나.

"차였어."

"차였어?"

담담하게 게임을 계속하는 다카시 옆에서 나는 혼자 혼란스러워하고 있었다. '다카시를 차다니, 대체 뉘 집 자식이야?' 라는 아버지 같은 마음과 평소에 냉정하게 행동하는 다카시가 실은 '상처 받았으면 어쩌지.' 라고 걱정하는 어머니 같은 마음이 한꺼번에 밀려왔다. 그리고 다카시가 항상 완벽한 모습으로 있어 주었으면 하는 형 같은 마음도 조금 들었다.

다카시의 침울한 표정 따위 보고 싶지 않다. 실제로는 침울해하는 것 같지 않지만.

"뭐라고 고백했어?"

"그냥."

꼬맹이의 고백에 '그냥이라니?' 라고 말하려다 그만두었다.

"그런데 마사야 형."

"응."

"그 애가 말이야, 나한테 한 말이 마음에 걸려."

밖은 이미 해가 져서 어두웠다. 어두운 방에서 게임에 몰두하는 건강하지 못한 어른과 아이. 나는 게임을 중단하고 전깃불을 켜기 위해 일어섰다. 이 녀석의 눈이 나빠지면 다카시 어머니에게 야단맞는다.

"나한테 노무라를 어떻게 생각하냐고 묻는 거야."

"그 애가 노무라를 좋아하는 거야?"

순간 냉정하다고 해야 할지 냉철한 다카시의 얼굴에 잠시 어쩔 줄 몰라 하는 표정이 스쳤고 다카시는 눈살을 찌푸렸다.

평소에는 거의 볼 수 없는 얼굴이었다.

"그게 꼭 좋아하는 건 아닌 것 같아."

게임 속의 선수들이 실수하는 횟수가 양 팀 모두 늘었다. 나도 다카시도 게임에 집중하지 못하고 있었다.

"어떤 녀석인데, 그 노무라라는 애?"

아무리 생각해도 잘 이해가 안 간다는 말투로 다카시는 대답했다.

"마사야 형이랑 좀 닮았다는 생각이 들어. 재미있는 일에 목숨을 건다고나 할까, 남들 눈에 띄고 싶어 안달이라고 할까. 공부를 잘하는 것도 아니고 운동을 잘하는 것도 아냐. 키가 큰 것도 아니고 잘생기지도 않았어. 남을 배려하는 건지 알랑거리는 건지도 잘 모르겠고."

"뭐야, 너 지금 나한테 시비 거는 거야?"

다카시가 게임기에서 손을 떼었다. 화면에서 경쾌한 드리블을 보여 주던 선수가 갑자기 멈췄다. 주인이 명령을 내리지 않자 선수는 할 일 없이 멈춰 섰다.

"그런 게 아냐. 여자애들은 그런 애를 좋아하나 해서."

"자신이 없어졌냐?"

나는 장난치면서 부추겼지만 다카시는 화내는 기색도 없

이 계속 고개를 갸우뚱거리면서 대답했다.

"물론 나를 좋아하지 않는 사람이 있다는 건 당연해. 하지만 마사야 형 같은 사람한테도 예쁜 여자 친구가 있잖아? 형과 나의 차이가 뭘까?"

초등학생이 내 여자 친구를 예쁘다고 말해 줘서 기뻐하는 나. 다카시는 게임기를 정리하기 시작했다.

"배고프다."

다카시는 종종걸음으로 저녁을 준비하러 갔다. 나도 뒤따라갔다.

"그런데 그 애가 노무라를 좋아한다고 한 건 아니잖아?"

나는 전기밥통에서 밥을 푸는 다카시 뒤에서 순서를 기다리면서 말했다. 다카시는 익숙한 손놀림으로 밥을 섞으면서 뒤도 돌아보지 않고 대답했다.

"'너랑 노무라의 차이가 뭔지 아니?'라고 하던데? '네가 재능이 아주 많다는 건 알겠는데 사람이 사람을 좋아하는 데는 뭔가 다른 것이 더 있어.' 이러면서."

'야야, 너희들 아직 초등학교 3학년이라고.'

요즘 애들이 다들 그렇게 똑똑한 건지 단순히 다카시가 좋아하는 여자아이라서 대단한 건지 모르겠지만 어쨌든 무서운 이야기다. 나는 다카시만 할 때 코 질질 흘리면서 교실을 뛰어다녔는데. (이 말은 벌써 두 번째 나오는 건가?)

"노무라가 인기 있는 건 알겠어. 하지만⋯⋯."

다카시는 여느 때보다 더 빠른 속도로 닭볶음을 먹었다.

"꼭꼭 씹어 먹어."

내가 하는 말 따위 귀에 들어오지 않는 다카시 님은 여전히 중얼거렸다.

"나도 그 정도는 할 수 있단 말이야. 하지만 사람은 각자 개성이란 게 있잖아?"

'뭐야, 무덤덤하게 보인 건 처음뿐이고 결국 여자 친구 문제로 고민하는 초등학생이잖아.'

난 다카시를 전혀 신경 쓰지 않고 히죽히죽 웃고 있었다.

"뭐가 우스워?"

다카시 님의 노여움을 샀지만 나는 그래도 웃음을 참으며 물었다.

"그래서 그 사랑스러운 그녀가 결국 답을 가르쳐 줬어?"

다카시는 볼이 통통한 햄스터처럼 입안 가득 밥을 물고 힘없이 고개를 흔들었다.

"알게 되면 말하러 오래. 자기가 뭔데?"

왕자님보다 한 수 위인 공주님이시다.

"그건 틀림없이 그 애도 다카시를 좋아하는 거야."

나에게는 종잡을 수 없는 아주 어려운 문제도 에이코에게는 초등학교 수학 문제처럼 간단한 모양이었다. 전화 수화기를 들고 있는 에이코의 얼굴이 떠올랐다. 예쁜 얼굴에 살짝 미소를 띠며 고개를 끄덕이고 있을 것이다, 늘 그렇듯이.

"사람은 여러 형태가 있지만 보통 두 종류로 나눌 수 있다고 생각하는데."

에이코와 함께 있을 때 나는 언제나 말을 듣는 편이 된다. 개그맨답지 않지만 그래도 상관없다. 에이코가 하는 말은 대부분 옳다. 나는 내 직업의 성격상 맞장구치기에는 자신이 있다. 오늘도 적당히 맞장구를 치며 에이코의 말을 기다렸다.

"특히 남자는 두 종류로 나뉘지. 자신이 해 본 적이 있는 일을 할 수 있다고 말하는 사람과 해 본 적도 없는 일을 할 수 있다고 말하는 사람."

"아, 하지도 못하면서 할 수 있다고 말만 앞세우는 녀석은 안 된다는 말이지?"

나는 늘 깔아 놓는 납작한 이불 위에 누웠다. 알 것 같기도 하고 모를 것 같기도 했다.

"그건 그렇지만. 하지만 해 보면 되는 사람도 있잖아?"

"그거야 뭐."

"정말 답답한 사람은 할 수 있는데 해 보려고도 하지 않는 사람이야. 할 수 있고 또 하고 싶은데 왜 안 하는 건지."

나는 이불 위에서 뒹굴며 에이코의 철학적 취향에 귀를 기울였다. 그리고 이런 생각을 했다.

'에이코도 참 특이해.'

다카시가 좋아하는 아이가 에이코와 같은 생각을 하는지 어떤지는 모르겠다. 하지만 에이코가 말한 답답한 사람에 다카시도 포함되는 것만은 확실했다. 나는 '어리니까 할 수 있는 건 모두 해 보고 부딪치고 깨져 봐야 한다.'라고 생각하지는 않지만 말이다.

"나는? 나는 어느 쪽에 들어가는데?"

"마사야는 됐어. 분류가 불가능하니까."

에이코는 씨름 선수가 공격하는 상대를 피해 상대편의 기를 뺄 때처럼 아무 일도 없었다는 듯 말을 돌려 버린다. 다카시가 의문을 품는 것도 당연했다. 에이코는 나의 어디가 좋은 걸까? 다음에 물어봐야겠다.

다음 날 휴대 전화로 전화가 걸려왔다. 번호를 보고 다카시라고 생각했는데 받아 보니 다카시의 어머니였다.

"미안해, 갑자기 전화해서. 마사야 전화번호를 몰라서 다카시 휴대 전화 빌렸어."

데이트……가 아니라 저녁식사 초대였다. 하지만 내 착각이 꼭 틀렸다고 할 수는 없었다. 다카시와 함께 오겠거니 생각했는데 그날 다카시는 오지 않았다.

다카시 어머니와 나는 프랑스 레스토랑에서 만났다. 너무 딱딱하고 거북한 분위기가 아닌 근사한 레스토랑이었다.

"이 레스토랑 내가 좋아하는 곳이야. 일 때문에 자주 와. 그렇게 비싸지도 않고 맛있어."

그렇게 비싸지도 않다는 다카시 어머니의 말은 내가 생각하는 기요미즈의 무대(1994년에 유네스코 세계유산으로 등록된 벼랑 위에 지어진 기요미즈데라〔淸水寺〕 본당을 말함. 높이 13미터로 교토 히가시야마 구에 있다. —옮긴이)와 거의 같다는 것을 새삼 실감했다. 하지만 다카시 어머니의 요리로 목숨을 이어 온 나와 세상 사이에 가치관의 차이가 있다는 것은 쉽게 상상할 수 있다. 나는 순순히 얻어먹을 생각이었기 때문에 마음 편히 자리에 앉았다.

"뭐 먹을래?"

"아, 저는 보통이랑 곱빼기밖에 몰라서……. 알아서 시켜 주세요."

다카시 어머니는 웨이터를 불러 글라스 와인과 무슨 말인지 알아들을 수 없는 메뉴 몇 가지를 주문했다. 와인은 바로 나왔다. 어머니와 건배를 하고 와인을 한 모금 입에 넣었다. 역시 내가 늘 마시는 술과는 맛이 다르다. 하지만 어느 쪽이 더 맛있는지는 잘 모르겠다. 사람은 익숙한 맛에 길들여지기도 하니까. 어릴 때부터 먹어 왔던 어머니의 카레가 맛있는 것과 똑같다. 한 병에 천 엔 하는 와인에 익숙해졌다는 것도 모양새가 좋지는 않지만.

"무슨 일 있으세요, 갑자기?"

"아, 그래. 마사야한테 좀 물어보고 싶은 게 있어서. 다카시 요즘 이상하지 않아?"

일을 마치고 온 다카시 어머니의 얼굴은 일 때문에 만들어진 얼굴이라고 하면 좋지 않은 의미로 들리겠지만 정돈된 아름다움이 있었다. 그러나 역시 다카시 이야기를 할 때는 어머니의 얼굴이 된다. 나는 전채 요리인 참돔 카르파초(쇠고기, 참치 등 생고기나 생선회를 얇게 썰어서 소스를 친 요리 ―옮긴이)를 먹으면서 화장으로는 감출 수 없는 다카시 어머니의 모성이 드러났다고 생각했다.

"다카시에게 물어봐도 대답이 없어. 마사야한테는 무슨 얘기 안 해? 좀 가르쳐 줘."

다카시와 닮아서 침착함이 몸에 배어 있는 어머니도 역시 귀여운 외동아들 일에는 침착할 수 없는 모양이었다. 진지한 어머니의 모습이 내게는 재미있었다.

"아니요, 다카시는 저한테도 아무 말도 안 했어요. 하지만 뭐 좋아하는 애가 생긴 게 아닐까요?"

남자라면 모르는 척해야 한다는 마음과 여느 때처럼 재미있는 일을 찾는 타고난 성격이 이런 대답을 하게 만들었다. 남자는 과묵해야 한다는 생각 따위 나에겐 있을 수 없다.

"나도 그렇게 생각해. 뭐랄까, 여자의 감? 어쩜 좋아, 다카시에게 여자 친구가 생기다니⋯⋯."

"좋잖아요, 첫사랑이라니, 귀엽네요."

커리어 우먼인 다카시 어머니는 밥을 먹는 속도가 정말 빨랐다. 마음이 복잡할 텐데 나이프와 포크는 쉬지 않고 움직였다. 이런 면은 다카시가 어머니를 닮았다.

"난 싫어. 남자는 연애를 하면 제대로 하는 일이 하나도 없다니까."

나는 특별히 나쁜 짓을 하지 않았는데도 왠지 꾸중을 듣고 있는 기분이 들었다.

강해진 어머니의 시선을 피하듯 나는 레스토랑을 둘러보았다. 오렌지색 조명에 싸여 있는 레스토랑은 2층에도 자리가 있었다. 2층에서는 1층을 내려다볼 수 있게 되어 있었다. 2층에는 젊은 여자들과 남녀 한 쌍이 제각기 즐겁게 이야기하고 있었다.

"고민이 가득한 표정으로 방구석을 노려보고 있는가 하면 한숨을 쉬기도 해. 정말 다카시답지 않아. 그렇구나, 마사야한테는 뭔가 얘기했을 거라고 생각했는데……."

해물이 듬뿍 들어 있는 수프가 나왔다. 이름이 부베야스(어패류를 이용한 프랑스 요리 —옮긴이)였나? 정말 맛있었다. 어차피 모르는 척한 이상 더는 아무 말도 못 하니까(사실은 이야기하고 싶어서 입이 근질근질하지만) 난 그냥 요리만 열심히 먹기로 했다.

"그냥 내 기분 탓인지 다카시가 헤어진 남편처럼 보일 때가 있어. 역시 유전인가? 난 싫은데."

어머니의 고민은 끝이 없는 것 같았다. 고민하고 있어도 어머니는 강했다. 어느새 수프를 깨끗이 비우고 메인 요리라고 생각되는 고기를 우걱우걱 씹기 시작했다.

"싫으세요?"

어머니의 표정은 그다지 심각해 보이지는 않았다. 싫다고 하면서도 어쩌면 좋아하고 있는지도 모른다.

"싫어, 전남편처럼 여자 밝히는 걸 이어받았다면 어떡해? 당연히 싫지."

나는 다카시의 아버지, 즉 다카시 어머니의 전남편 이야기를 듣는 것이 처음이었다. 나는 원래 남의 일에 잘 끼어들지 않지만 혹시 들어 두면 나중에 도움이 될지도 모르기 때문에 잘 들어 두기로 했다.

"멋진 분이셨죠?"

"응, 솔직히 말하면 내가 한번 좋아했던 사람이고 매력적인 면도 나름대로 있었어. 나도 그땐 어렸었지. 지금이라면 용서해 줄 수 있을지도 몰라."

어머니의 부끄러워하는 얼굴은 처음 보는 것 같다.

"하지만 타이밍이란 게 있잖아. 사이가 좋을 때는 타이밍이 잘 맞아. 나빠지지 않도록 노력도 하고. 그런데 서로 사이가 좋지 않을 때도 두 사람의 타이밍이 잘 맞는다고 할까, 그런 게 있어."

나는 다카시 어머니 이야기를 들으며 이분은 자신의 경험을 되풀이하여 음미해서 확실하게 영양분으로 만들고 있다는 묘한 생각이 들었다.

"전혀 후회는 안 해. 결혼해서 다카시를 낳았잖아. 지금은 혼자지만 난 행복하거든. 진짜로 행복한데 그 사람과 어떻게든 결혼 생활을 계속했었다면 그것도 나름대로 행복했을 거라고 생각해. 지금 행복하니까 이런 말을 할 수 있는 건지 몰라도."

지금 행복하다는 말을 반복하는 어머니의 말은 진심일 것이다.

"어머, 무슨 얘기 했었지? 아, 맞아, 다카시 얘기였지. 역시 아이를 키운다는 건 어려운 일이야. 난 아무것도 하는 일이 없지만."

"어려워요?"

나는 아직 결혼하지 않았지만 어느새 아이가 있어도 이상하지 않을 나이가 되었다. 실제로 다카시 어머니는 내 나이에 이미 다카시를 낳았다. 나는 아무런 현실감도 없으면서 막연하게 물어보았다. 그러자 어머니는 순식간에 자신이 한 말을 부정했다.

"어렵지 않아. 아이한테 특별히 부모가 가르치는 것도 없는걸. 나도 다카시를 낳기 전까지 애가 애를 낳아서 제대로 키울 수 있을까 많이 걱정했었어. 나 자신조차 제대로 추스르지 못하는데 아이에게 올바른 길을 가르칠 수 있을까 생각했었지."

"저는 전혀 자신이 없어요."

"하지만 그렇지 않아. 어른이든 아이든 무엇이 올바른 일인지 사람이 사람에게 건네주듯이 가르친다는 건 불가능해. 정말로 가르쳐 주고 싶은 것이 있다면 나이나 성별 따위 상관 없어. 왜 학창 시절에 친구들하고 뭔가에 대해 얘기할 때가 있잖아. '나는 이렇게 생각해.'라고 말하면 상대방이 '아냐, 나는 이렇게 생각해.'라는 식으로. 그런 식으로 완전히 동등 하게 주고받지 않으면 정말로 무언가를 전하기는 어렵다고 생각해. 특히 우리 애는 좀 꼬인 데가 있어서 어른의 실체를 빨리 알아 버린 편이거든. 다른 애들도 정도의 차이는 있지만 어른이 미완성이라는 것쯤은 언젠가 알게 되기 마련이잖아? 어른이 허세를 부리면서 다 아는 척 말해 봤자 듣는 아이들이 냉담하면 의미가 없어."

다카시 어머니가 무엇을 말하고 싶은지 잘 알 것 같았다. 나는 아마 언제까지나 어린아이 같을 것이다. 나이를 먹으면 그 나이에 맞게 행동은 하겠지만 진정한 의미에서 성장한다 는 것은 말처럼 간단한 일이 아니다.

적어도 지금의 나는 교복을 입고 있던 때와 특별히 뭔가 변한 것이 없다고 생각한다. 물론 여러 가지 문제에 대처하는 요령은 늘었을지 모르지만 그것은 진정한 의미의 성장이라고 할 수 없다. 진정한 성장은 나이가 들고 경험을 쌓는다고 해 서 저절로 얻을 수 있는 것이 아니다.

"다만 아이들은 보고 있기만 해도 기분이 좋아져. 변화도 빠르고 말이야. 어제 한 말과 오늘 한 말이 다른 어른은 믿을 수 없지만 아이들은 괜찮아. 매일매일 생각하는 게 달라지니까. 다시 말해서 이번 일도 그렇고 여러 가지로 혼란스럽겠지만 다카시가 올바른 어른으로 성장하기 위한 단계라면 상관없어."

테이블 위에는 벌써 후식으로 치즈 케이크(위에 뿌려진 소스는 뭐지?)가 나왔다. 소스의 새콤달콤한 맛이 치즈와 어우러져 입속에 퍼졌다. 나는 케이크를 포크로 잘게 잘라서 입속에 넣었다.

"내가 팔불출 엄마라는 건 잘 알지만 다카시는 자신의 장점을 아직 전혀 발휘하지 못하고 있어. 자기 아빠를 닮은 부분도 있고, 지금은 고민이 가득한 표정으로 혼자 있을 때가 많지만 사실은 많은 사람들과 어울려 살아가는 게 맞는 아이일지도 모른다는 생각이 들어. 전남편이 그런 사람이었어. 물론 지금부터 다카시는 성장할 테고 나는 곁에서 지켜보겠지."

나는 다카시 어머니의 이야기를 들으면서 사실은 머릿속에서 어렴풋이 무언가를 생각하고 있었다.

다카시

여느 때와 마찬가지로 마사야 형에게서 귀찮은 의뢰가 들어왔다. 늘 그랬듯이 또 자기 개그를 봐 달라고 천진난만하게 말하는 마사야 형.

"봐 주는 건 어렵지 않지만……."

사실 별로 마음이 내키지 않았지만 어쩔 수 없이 그렇게 대답했다. 나는 리코가 내준 어려운 문제로 머리와 마음이 무겁다. 하지만 마사야 형은 좀 둔한 데가 있어서 그런 눈치를 잘 채지 못한다. 그렇기 때문에 나도 다른 어른을 대할 때와는 달리 마사야 형은 편하게 대할 수 있다.

다른 날 같으면 학교가 끝나고 바로 공원에 갔겠지만 오늘은 발길이 그쪽을 향하지 않았다. 편의점에 들렀다가 책방에 들렀다가 이리저리 헤매고 다녔다.

내가 생각해도 의미가 없는 짓이었다. 공원에 도착했을 때는 완전히 해가 져서 을씨년스런 수은등 불빛만이 공원을 물들이고 있을 때였다. 마사야 형은 내가 너무 늦게까지 오지 않자 포기하고 있었는지 나의 얼굴을 보자마자 조금 놀란 표정을 지었다. 이마에는 아주 엷게 땀이 배어나 있었다. 이 공원은 석양이 한껏 비추기 때문에 저녁이 되면 아주 더웠다. 그 속에서 아마 마사야 형은 중얼중얼 새로 만든 개그를 읊고 있었을 것이다. 내가 처음 이 공원에서 마사야 형을 봤을 때도 그랬다. 이상한 티셔츠를 입고 중얼거리면서 어슬렁거리는 모습을 보고 처음엔 수상한 사람이라고 생각했다. 내 생각에는 먼저 그런 점부터 고치지 않으면 인기를 얻기는 힘들 것 같았다.

"다카시, 늦었네."

내가 말없이 고개를 끄덕이자 역시 평소와는 다르다고 느꼈는지 마사야 형은 의아스러운 얼굴로 물었다.

"무슨 일 있었어?"

"아니."

형은 고개를 갸우뚱거리면서 '뭐 괜찮겠지.'라고 중얼거렸다. 그리고 내 쪽을 다시 한 번 쳐다보았다.

"그럼 이제 개그 보여 줘."

마사야 형은 천천히 개그를 시작했다. 비디오 가게에서 카운터를 보고 있는 아르바이트생이 손님이나 비디오의 내용으로 개그를 하는 설정이었다.

눈앞에서 익살스럽게 움직이면서 말을 하는 마사야 형을 보고 있자니 이상한 기분이 들었다. 당연한 일이지만 키가 큰 어른이 나 같은 어린아이 앞에서 우스꽝스러운 짓을 하고 있으니 우습기 짝이 없다. 실제로 웃음이 터질 정도로(덧붙여 말하자면 나는 사람 앞에서 소리를 내서 웃는 일이 별로 없다.) 재미있다고 느낄 때도 있다. 하지만 그렇지 못할 때도 물론 있다. 전에는 그럴 때 재미없다고 아무렇지 않게 말했는데 지금은 뭔가 말하려고 하면 가슴이 두근거렸다. '다른 사람이라면 어떻게 느끼고 어떻게 대답했을까?'라는 누군가의 질문이 가슴을 스쳤다.

나는 다 보고 나서 이렇게 말했다.

"괜찮은 거 같은데."

"다카시, 너 무슨 일 있지?"

형은 나의 얼굴을 살폈다. 마사야 형의 얼굴은 어디서나 볼 수 있는 이웃집 형 같은 얼굴이다. 개그맨에게 있을 법한 개성이 없다. 좀 더 빛이 났으면 좋겠다고 늘 생각한다. 하지만 이때는 얼굴을 너무 가까이에서 봐서 그런지 눈이 반짝거려 아주 조금 멋있게 보였다.

"아무 일도 없어. 형이 하는 개그 재미있다고 생각하는 사람도 있어. 괜찮아."

눈길을 피하면서 대답하는 나에게 마사야 형은 평소와는 달리 강하게 말했다.

"야, 장난치지 마. 네 의견을 말하라고. 다른 녀석 의견이라면 그 녀석한테 들을게. 네 의견을 말해 봐."

마사야 형은 화를 내도 사실은 전혀 무섭지 않다. 오히려 착한 사람이 무리하는 것처럼 보여서 조금 재미있다. 나는 그런 마사야 형이기 때문에 사실을 말해도 될 것처럼 느껴졌다. 스스로도 잘 모르는 나의 기분을 말로 표현하면서 확인하기라도 하듯 마사야 형에게 말했다.

"미안하지만 나도 잘 모르겠어. 생각하면 할수록 내가 무엇을 기준으로 사물을 판단하는지. 곰곰이 생각해 보면 지금까지 당연하다고 생각했던 것들이 당연하지 않을 수도 있다는 생각이 들어. 그러니까 마사야 형의 개그를 봐도 이런저런 생각이 들기는 하는데 내가 왜 그렇게 생각하는지 잘 모르겠어. 그리고 누군가 '왜 그렇게 생각해?' 라고 묻는다면 대답하지 못할 거 같아. 근거가 없으니까 다른 사람과 의견이 달라도 내 생각을 설명하지 못하겠어. 내가 틀렸을지도 모르는데 무책임하게 말할 수는 없잖아."

마사야 형은 처음에는 조금 놀란 표정으로 내 말을 듣고 있었다. 그러나 곧 진지한 표정으로 나를 보았다. 말하면서 이런 식으로 마주 보기는 처음이었다. 마사야 형과도 처음이지만 나는 이런 식으로 내 마음을 털어놓고 내 말을 눈앞에서 들어 주는 사람이 있다는 상황이 처음이었다.

나중에 들은 이야기인데 마사야 형은 지금부터 말할 '계획' 에 대해 훨씬 전부터 생각하고 있었다고 한다. 하지만 마사야 형은 계속 망설이다가 이 순간 말하자고 결심했다고 한다. 아마 나와 마찬가지로 이날 나와 마사야 형 사이에 소용돌이치던 이상한 공기 탓이 아니었을까 생각한다.

"야, 다카시, 나하고 콤비로 개그하지 않을래?"

"뭐라고?"

지금까지의 흐름과는 전혀 관계가 없는 마사야 형의 갑작스러운 제안에 나는 놀랐다기보다 말로 표현할 수 없는 이상한 느낌을 받았다. 뭐랄까, 마사야 형의 평소 얼굴과는 뭔가 달라 보였다.

"어? 마사야 형, 결국 성형 수술한 거야? 근데 어디를 한 거야? 눈인가? 아니, 코? 아, 역시 다 뜯어 고친 거구나."

"농담이 아냐. 난 정말 함께할 짝을 찾고 있어. 예전부터 콤비로 하고 싶었다고. 아무래도 같이 할 사람이 너밖에 없는 거 같다."

'뭐야, 자세히 보니 늘 변함없이 재미없는 마사야 형 얼굴 이잖아.'

나는 문득 제정신이 들었다. 마사야 형이 복잡한 이야기를 꺼냈다는 생각이 들었다.

"그러면 어른을 찾아봐. 나는 아직 어린애잖아."

나는 이때만 해도 설마 마사야 형이 진심으로 그런 말을 한다고는 생각하지 않았다. 상상의 범위를 너무 초월해 버리면 아무리 사고가 유연하다는 어린이라 할지라도 이해하는 데 시간이 걸린다. 하지만 내 눈앞에 있는 마사야 형의 진지한 눈빛이 이해를 재촉했다. 마사야 형의 말은 진심이었다.

"다카시가 싫다면 할 수 없지. 강요하지는 않아. 하지만 나는 너랑 같이 해 보고 싶어. 게다가 너한테도 나쁘지 않다고 생각해. 그냥 보는 거하고 실제로 해 보는 게 다르다는 건 너도 알고 있지? 그렇지만 무대가 없으면 시험해 볼 수도 없잖아. 한번 시험해 보자. 자신의 생각이 맞는지, 아니면 실제로는 아무것도 못 하면서 이론만 앞세우는 녀석인지."

가슴이 두근거렸다. 지금까지 마음이란 이런저런 생각을 하거나 느끼는 곳이니까 결국은 머릿속 두뇌라고 생각해 왔다. 하지만 지금은 왼쪽 가슴이 조금 뜨거워지면서 '아, 여기에 마음이 있구나.' 라는 느낌을 받았다. 사실 마사야 형의 이야기를 듣고 순간적으로 해 보고 싶다는 생각이 들었다. 하지만 곧 그만두자고 생각했다.

"자신 없어, 게다가⋯⋯."

나는 마사야 형 옆을 지나 모래밭으로 다가갔다. 그리고 마치 평균대에서처럼 균형을 잡으면서 모래밭 가장자리를 걷기 시작했다. 왠지 마사야 형과 거리를 두고 싶었다.

"학교도 다녀야 하고."

"뭐 앞으로 계속 하자는 건 아냐. 이번에 방송국에서 주최하는 개그 콘테스트가 있어. 프로와 아마추어가 모두 참가할 수 있는 대회야. 예선이 두 번, 결선은 텔레비전 생방송이고 모두 일요일에 열려. 우리 둘이서 한번 해 보지 않을래? 나에게는 아주 좋은 기회야. 너에게도 새로운 세상이 보일지 몰라."

'왜 나야? 지금 형은 나를 설득하고 있는 거야? 그럴 시간이 있으면 여자 친구한테나 잘 보여.'

나는 좀 우스운 생각이 들었다. 소리를 내서 웃고 싶은 기분이었다. 하지만 이런 부분에서 웃지 않는 것이 나다.

"언제까지 대답해 주면 돼?"

"빠르면 빠를수록 좋아. 참가 등록도 해야 하고 개그 대본을 짜야 하니까."

"알았어."

우리는 그렇게 헤어졌다. 집으로 돌아가면서 마사야 형에게 밥 먹으러 가자고 말하는 걸 깜빡 잊었다는 생각이 들었지만 이날은 그냥 혼자서 집으로 돌아갔다.

3일 뒤에 나는 마사야 형에게 "할게."라고 대답했다. 내가 마사야 형과 콤비로 개그를 하는 모습을 상상해 보았다. 너무 창피해서 못 할 것만 같았다. 하지만 상상할수록 가슴이 점점 두근거렸다. 그것이 나의 마음이었다.

이날부터 나와 마사야 형의 기묘한 관계는 더욱 기묘해지면서 '콤비'가 되었다. 엄마에게는 마사야 형이 며칠 뒤에 보고했다.

"어머, 재미있겠다. 나도 끼워 주지 않을래?"

엄마는 그렇게 대답했다. 사실은 엄마가 알게 되는 것이 조금 창피했다. 될 수 있으면 연습하는 모습도 보이고 싶지 않았다.

연습은 마사야 형이 대본을 짜 오고 내가 수정하는 형식으로 진행되었다. 지금까지와 달라진 것이 없었다. 마사야 형은 이전부터 콤비로 개그를 하고 싶었는지 콤비용 개그를 몇 가지 생각해 두고 있었다. 하지만 설마 초등학교 3학년생 어린이가 짝이 될 것이라는 상상은 못 했는지(당연한 일이지만) 모두 다시 손을 본 것 같았다. 그래도 그럭저럭 재미있는 대본을 써 와서 나는 안심했다. 그렇지만 왜 내가 그 대본들을

'그럭저럭 재미있네.'라고 느꼈는지 아직도 잘 설명할 수 없다. 예전 같으면 "이런 거 재미없어."라고 딱 잘라 말했을 것까지도 조심스러운 말투로 말하게 되었다.

"이 부분은 이런 식으로 하는 편이 좋을 것 같은데, 어때?"

하지만 이번에는 내가 직접 한다는 점에서 조금 편해졌다. 재미있든 재미없든 이 개그를 하는 것은 나다. 그렇다면 내가 재미있다고 생각하는 것을 하고 싶다. 그리고 내가 한다면 거기에는 이치 따위 필요 없다. 만일 재미가 없어도 나는 나고 또 책임도 내가 지면 되니까 남에게 폐를 끼치는 일도 없다. 그렇게 생각하자 마음이 편해져서 전보다 더 솔직해질 수 있었다. 지금까지 특별히 비뚤어져 있었다고는 생각하지 않지만(마사야 형은 비뚤어져 있다고 말하지만) 관객을 웃기지 못하더라도 그 이유는 나중에 다시 한 번 생각하면 된다.

진지하게 연습할 때에도 마사야 형은 히죽거리며 이렇게 물었다.

"사랑스런 그녀와는 어떻게 됐냐?"

"그냥 보통 때처럼 말도 하고 놀기도 해."

리코와는 예선과 똑같이 말도 하고 집에 오는 길에 함께 걷기도 했다. 하지만 리코의 웃는 얼굴에 어떤 의미가 있는지 아무리 생각해도 전혀 알 수가 없었다. 그리고 리코의 말 한 마디에 내가 일일이 고민한다는 사실을 아마 리코는 모를 것이다.

나는 이렇게 대답했다.

"여자들은 무슨 생각을 하는지 모르겠어."

마사야 형은 좀 전에 히죽거리던 표정이 사라지고 진지한 얼굴로 말했다.

"그 나이에 그걸 알려고 하냐? 나도 모르는데."

웃음이 나오려 했다.

'저 심각한 얼굴, 그렇게 진지하게 받아들이지 않아도 되는데, 바보라니까.'

이래저래 해서 대본은 그런대로 순조롭게 만들어졌다. 하지만 문제는 실전이다. 마사야 형은 혼자 떠드는 데에 익숙해져 있었다. 콤비로 개그를 하는 것도 오랜만이었다. 그리고 나는 말할 것도 없이 개그를 해 보기는커녕 사람들 앞에서 이야기하는 것조차 처음이었다. 그뿐만이 아니다. 나는 눈에 띄고 싶어 하는 애들을 꼴불견이라고 생각했는데 이젠 내가 가장 눈에 띄게 생겼다.

"이런 모습 아무에게도 보이고 싶지 않아."

"관객 앞에서 한다니까."

"정말이야? 진짜 그만두고 싶어."

말은 그렇게 했지만 연습은 즐거웠다. 내가 직접 해 보니 개그가 어떻게 만들어지는지 보기만 할 때보다 훨씬 더 잘 알수 있었다. 같은 이야기를 해도 박자나 마사야 형과 주고받는 대사의 타이밍에 따라 전혀 다른 느낌이 났다. 내 목소리가 조금이라도 작으면 재미없어졌다. 그리고 내 얼굴이 조금만 굳어져도 재미없어졌다. 덧붙여 말하면 우리 개그는 마사야 형 얼굴이 굳어지면 오히려 재미있어져서 좀 문제다.

나는 최근 들어 조금이라도 긴장을 늦추면 개그에 대한 생각을 한다는 사실을 깨달았다. 원래 공부 따위 그다지(라고 하기보다 전혀) 좋아하지 않지만 예를 들어 수업 중에 조금이라도 칠판에서 눈을 돌리면 '어제 그 부분을 이렇게 하면 좋았을걸.'이라는 생각이 머릿속에 떠올랐다. 목욕을 할 때나 이불 속에서 눈을 감았을 때, 심지어 화장실에 앉아 있을 때조차 개그에 대한 생각이 떠올랐다.

아마 생각하는 방식은 예전과 그다지 변하지 않았을 것이다. 전에도 '그 부분은 이렇게 하면 좋을 텐데.'라는 식으로 생각했다. 하지만 지금은 내가 실제로 하는 것이기 때문에 더 강하게 느꼈다. 몸 한가운데 이미지가 꽉 들어차 있는 느낌이었다. 지금까지는 이미지가 내 몸 주변을 둥실둥실 떠다니고 있었는지도 모른다.

대부분 우리 집에서 연습했기 때문에 우리가 연습을 하는 동안 엄마가 돌아오는 경우도 있었다. 나는 엄마기 들어오면 바로 연습을 멈췄다.

"진짜로 할 때는 더 긴장할 거야."

마사야 형은 이렇게 말하면서 멈추지 못하게 했다. 부끄러워하면서 하는 편이 어리석다고 생각했기 때문에 나는 엄마가 있을 때는 오히려 보통 때의 1.2배(그다지 다르지 않나? 하지만 지나치게 다르면 개그의 느낌이 변해 버리니까.) 더 큰 목소리를 냈다. 엄마 쪽을 쳐다보지는 못했지만 엄마가 나를 보고 있다는 것은 알 수 있었다. 엄마는 가끔 소리를 내서 웃었지만 나는 오히려 그것이 부끄러웠다. 하지만 웃는 부분이 우리가 관객의 웃음을 노렸던 부분이어서 조금 안심하는 자신을 발견하고는 복잡한 기분이 들기도 했다. 엄마는 우리의 연습이 끝나도 연습에 대해 아무 말도 하지 않았다.

"홍차 마실래?"

그냥 웃는 얼굴로 엄마가 마시던 홍차를 권할 뿐이었다. 마사야 형은 엄마와 함께 홍차를 마셨다. 그리고 우리 세 사람은 이야기를 나눴다.

엄마는 함께 현관에서 마사야 형을 배웅한 뒤 복도를 걸어가는 나의 양쪽 어깨를 뒤에서 안았다.

"어머, 좀 큰 거 같은데?"

엄마가 말했다.

"똑같아, 커진 건 목소리뿐이야."

"그래? 뭐든 크는 건 좋은 거야."

어릴 때처럼 기차놀이를 하는 자세로 나와 엄마는 방에 들어갔다.

그리고 드디어 콘테스트 날을 맞이했다. 긴장할까 봐 걱정했는데 생각보다 떨리지 않았다. 방이나 공원에서 연습할 때는 '내가 지금 뭐 하고 있는 거지?' 라는 생각이 들면 목소리가 제대로 나오지 않았는데 본 대회에서는 개그를 한다는 대의명분이 있어서 오히려 편했다.

"너 처음 관객 앞에 서면서 꽤 말 잘하더라?"

"나는 마사야 형과 달리 부담감이 없으니까. 떨어져도 상관없거든, 특별히 텔레비전에 나가고 싶은 마음도 없고."

이 말은 진심이었다. 하지만 우리가 하는 개그를 보고 재미있어 하는 사람이 있다는 것은 기쁜 일이다. 나는 우리 순서가 끝나고 조금 긴장이 풀린 머리로 분장실에 앉아 그런 생각을 하고 있었다.

마사야 형은 이 정도로 박수를 받기는 처음이라며 흥분했다. '개그를 시작한 지 벌써 몇 년인데 처음이라니.' 라고 생각하면서도 마사야 형이 기뻐하는 모습을 보니 나도 기뻤다.

우리는 초심자의 행운(새로운 것을 처음 하게 될 때 뜻밖에 맞게 되는 행운이나 성공 —옮긴이)도 따라서 1차 예선과 2차 예선을 통과했다. 예선에서는 관객의 투표와 개그계의 유명한 사람들이 심사하여 채점한 점수를 더해 결과를 냈다. 우리는 관객의 압도적인 점수를 얻어(하지만 심사위원의 점수는 매우 낮았다.) 결선 진출이 확정되었다.

마사야 형은 흥분을 감추지 못하고 펄쩍펄쩍 뛰며 기뻐했다. 나도 물론 매우 기뻤지만 쓸데없는 걱정이 생겼다.

"텔레비전에는 나가기 싫어. 학교 애들한테 탄로 날 거야."

나는 어느새 예전의 나로 돌아가 있었다. 가까스로 돌아왔구나 하는 안도의 느낌과 어느새 돌아와 버렸을까 하는 아쉬운 마음이 동시에 들었다. 나와 마사야 형의 관계가 예전으로 돌아가고 형에게 짜증을 내는 나의 모습에서 자신이 원래의 나로 돌아갔다는 것을 깨달았다.

내가 예전의 나로 돌아간 계기는 한 가지 이유만이 아니었다. 다만 마사야 형과 개그를 하자고 결정한 날부터 조금씩 돌아가기 시작했다는 것을 느끼고는 있었다. 내가 한번 손에서 놓은 내 안의 이미지, 시시하다고 생각되면 남의 기분 따위 생각하지 않고 재미없다고 말할 수 있는 나, 나의 느낌에 불필요한 구실을 대지 않아도 불안하지 않았던 그때.

그때의 내가 돌아오는 느낌을 깊이 음미하는 것은 지금 생각하면 즐거운 작업이었다. 그리고 그 이미지를 회복했을 때 눈앞에 있던 사람은 결국 늘 보아 왔던 얼굴이었다. 끈질긴 인연으로 맺어진 그의 웃는 얼굴은 여전히 맹해 보였다.

하지만 나는 원래의 나로 돌아온 것이 기뻤다. 고민하기 전의 내가 꼭 틀리지만은 않았다는 점이 기뻤다.

이번에 과감히 도전해 본 것만으로 내가 성장했다고 생각하지는 않는다. 내가 새로운 내가 된다면 그때까지의 나를 부정하는 것 같아서 싫었다. 나는 확인했다고 믿고 싶다. 그때 내가 굳게 믿었던 것을 확인한 것이라고.

나는 앞으로도 무언가를 느끼고 굳게 믿고 확인하면서 그 무언가를 알아갈 것이다. 그러니까 아무것도 모르고 이해하지 못하고 해 본 적이 없어도, 앞으로도 무언가를 굳게 믿어야 한다. 그리고 그것을 확인해 나가야 한다. 이번에 그 방법을 알게 되었다.

마사야

결승 진출이 확정되고 나서 나의 주위는 아주 조금 소란스러워졌다. 부모님은(아, 그러고 보니 우리 부모님 이야기는 아직 안 했나? 나중에 상세하게 이야기하기로 하고. 뭐 흔히 볼 수 있는 평범한 아버지와 어머니다.) 아주 기뻐하셨다. 에이코는 여전히 내 일에는 흥미가 없었다.

"마사야가 일이 잘되든 잘못되든 나는 아무래도 좋아."

나는 에이코 나름의 응원이 고마웠다. 에이코와는 달리 내가 소속된 작은 기획사는 갑자기 신바람이 나기 시작했다.

"그 애를 다른 곳에 빼앗기지 않도록 조심해."

나와 언제 이야기를 해 봤는지 생각나지 않을 정도로 뜸했던 사장이 진지한 얼굴로 특별히 그 말을 하러 왔다. "웃기지 마, 다카시는 돈 때문에 한 게 아니거든."이라고 말할까 생각했지만 그냥 신경 쓰지 않기로 했다. 내가 자유롭게 활동할 수 있는 것도 어떤 의미에서는 회사가 별로 엄하지 않기 때문이다. 다카시 어머니는 결선이 있기 전날 일부러 빨리 들어와서 나와 다카시에게 돈가스를 만들어 주었다.

"너희들, 내일 열심히 해."

어머니의 밝게 웃는 얼굴은 나나 다카시에게는 무엇보다 마음 든든하다. 어머니는 다카시가 없는 곳에서 나에게 이렇게 말했다.

"마사야, 고마워. 다카시 어딘가 변한 것 같아. 말로 잘 표현하기 어렵지만. 역시 뭐든 해 보는 게 좋아. 조금 불안하긴 하겠지만 잘됐어. 하지만 내일은 떨어지는 게 낫지 않을까? 마사야에게도 다카시에게도. 이대로 뭐든 너무 잘되는 건 좀 위험한 일이야. 좌절도 필요하거든."

"저는 계속 좌절해 왔기 때문에 괜찮아요. 다카시는 어떨지 몰라도."

어머니와 나는 마주 보고 웃었다.

그리고 드디어 전국 개그 콘테스트 결선의 날이 밝았다. 우리를 포함해 열 팀이 결선에 진출했다. 전에 이야기한 '야마시타와 오구라'도 있었다. 그때와 달리 우리는 어깨를 나란히 하고 있었다. 한 치 앞도 알 수 없는 것이 인생이다. 순서를 결정하는 제비를 뽑기 위해 먼저 관객 앞에 전원이 정렬했다. 스포트라이트가 눈부셨다.

"얼굴이 굳었어."

다카시는 아무렇지 않은 표정이었다. 역시 이 녀석에게는 평생 이길 수 없다는 생각이 들었다. 다카시가 제비를 뽑았고 우리는 첫 번째로 하게 되었다. 다른 팀은 객석의 분위기가 아직 고조되지 않은 첫 번째만은 피하고 싶다고 생각하는 것 같았다. 우리가 1번을 뽑자 안심하는 표정이었다. 하지만 우리는 그런 말을 할 여유가 없었다. 무대 경험도 없고 콘테스트 경험도 없는 우리에게 지금 있는 것은 운뿐이었다. 일단 분장실로 돌아가 있자 바로 이름이 불렸다. 나가야 했다. 무대에 오르기 바로 전에 다카시를 돌아보았다. 여느 때와 다르지 않았다. 나는 심장이 입으로 튀어나올 만큼 긴장하고 있는데…….

사회자가 우리를 소개했다.

"혜성처럼 나타난 스타! 이들이야말로 극과 극 콤비. 어른 같은 초등학생과 초등학생 같은 어른의 만남. 1번 '트라이얼 앤드 에러' 입니다. 부탁해요."

우리는 무대 중앙으로 뛰어나갔다.

그러면 지금부터 우리의 개그 대본을 공개하겠다. 활자로는 전달하기 어려우니 그냥 읽지 않고 넘겨도 된다. 현장에서는 상당히 반응이 좋았고 거짓말 약간 섞어서 말하면 우리가 확실하게 무대에 섰던 증거니까 요약 판으로 소개하겠다.

"안녕하세요, 반갑습니다. '트라이얼 앤드 에러' 입니다."
(관객들 박수)
"정말 감사합니다."

"그러니까 제가 트라이얼이고 이쪽에 있는 이 빅 사이즈가……."

"에러입니다……가 아니고, 왜 내가 에러냐? 아냐, 난 절대 에러를 내지 않는다고!"

"일상이 에러 그 자체잖아. 얼마 전에도 아이스티 젓는 봉을 빨대로 착각하고 빨았으면서."

"아아, 그랬었지."

"바보 아냐?"

"초등학생한테 바보란 소리 듣고 싶지 않네. 자, 제대로 자기소개 해야지. 이쪽에 스몰 사이즈가 다카시고……."

"이쪽에 인간성 스몰 사이즈가 마사야 형이에요."

"맞아맞아, 인간성 스몰…… 뭐야, 누가 스몰 사이즈라고?"

"스몰하잖아."

"안 스몰하다니까."

"스몰하면서. 요전에 말이죠, 저한테 같이 콤비로 하자면서 무릎 꿇지 뭐예요. 짝꿍이 초딩이면 사람들이 웃는다."

"야야, 그런 얘기 안 해도 된다니까."

"사실이잖아."

"사실이 아니잖아, 여러분들이 믿으시면 어떡하라고? 이제 됐으니까 얼른 소개나 해."

"그럼 처음부터 다시 할까?"

"그래그래, 그러니까 저희가 트라이얼 앤드 에러입니다. 이쪽에 스몰 사이즈가 다카시고……."

"이쪽은 그게 스몰 사이즈인 마사야 형입니다."

"야, 초등학생이 그거라니! 그게 어쩌고 하면 안 돼. 19금이 되잖아."

"되긴 뭐가 돼, 바보."

"야야, 너 너무 쉽게 바보라고 한다? 바보란 말 하는 사람이 바……."

"예예, 계속 갑니다."

"말 좀 끝까지 하자."

"됐고, 관심 없거든요? 여러분은 초딩이 아니라고."

"알았어, 그러면 다시 하자. 그러니까 저희는 남녀노소 모두에게 사랑받는 개그를 꿈꾸는 트라이얼 앤드 에러입니다. 잘 부탁합니다."

(박수)

"야, 다카시 텔레비전이야."

"정말 굉장해!"

"전국 생방송이야. 긴장해서 땀까지 난다, 다카시는?"

"난 전혀."

"대단한데?"

"나는 학교에서 단련돼 있으니까."

"학교?"

"있잖아, 국어시간에 졸고 있었는데 선생님이 '다카시, 그 다음 읽어 봐.'라고 시키는 거야. 당연히 어디부터 읽어야 할지 모르지."

"큰일 났네, 그래서?"

"슬쩍 짝이 몇 페이지를 펴 놨는지 보고 같은 페이지를 폈어."

"응응."

"그 다음은 감이야. 그냥 읽는 거지. '저 언덕을 넘으면 바다가 보입니다.'라고."

"선생님이 아무 말 안 하면 통과?"

"휴우, 큰일 날 뻔했지."

"정신 똑바로 차려."

"가슴이 두근거렸어. 틀리면 선생님한테 되게 혼나거든."

"당연하지."

"그거에 비하면 개그는 혼날 일도 없고 안 웃겨도 개그를 만드는 건 마사야 형이니까."

"너무 솔직해."

"그러니까 즐겁게 하자고."

"큰 인물이네, 이 녀석. 그건 그렇고 다카시 전국 생방송이야."

"대단해요."

"지금 이 방송 보고 있을 사람 중에 누군가 불러 보고 싶은 사람 없어?"

"마사야 형은?"

"난 역시 우리 부모님. 아버지, 어머니, 보고 계십니까?"

"나도 우리 아빠."

"그래, 맞다."

"엄마랑 헤어져서 한 달에 한 번밖에 못 만나거든."

"그런 말 하지 마, 분위기 깨잖아. 다른 사람 생각해 봐."

"죽은 강아지 포치."

"계속 분위기 칙칙하게 만들래? 게다가 포치는 텔레비전 못 보잖아."

"뭐 강아지 키운 적도 없지만."

"뭐야, 거짓말이야?"

"농담이지, 개그잖아."

"그건 그렇지만. 그런데 다카시, 너 초등학생이잖아."

"응, 반짝반짝 빛나는 3학년이지."

"반짝반짝은 좀…… 어쨌든 그렇다 치고 나도 초등학생으로 돌아가고 싶을 때가 있어. 초등학교 때는 정말 재밌었어."

"그래, 마사야 형은 초등학생으로 돌아가면 뭐가 하고 싶은데?"

"글쎄…… 아 체육이 재밌겠다."

"아, 마사야 형 체육이 하고 싶었구나. 그런데 요즘은 학생들의 자율과 개성을 존중하는 시대잖아. 그래서 지금 초등학교에서는 체육이 선택 과목이 됐어. 하고 싶은 사람만 할 수 있게."

"그래? 지금은 체육이 선택이란 말이지? 진짜 재밌는데. 뜀틀하고 멀리뛰기 그런 거 전부 없어?"

"거, 짓, 말! 체육이 없어질 리 없잖아."

"뭐야, 너 맞을래? 네가 말하면 이상하게 설득력이 있단 말이야. 그러니까 다 믿게 된다고. 관객들도 아마 반 이상은 믿었을걸."

"아이, 뭘 그렇게 신경을 곤두세우고 그래?"

"세울 거야. 그러니까 제대로 해."

"개그잖아."

"그건 그렇지만."

"또 뭐?"

"자리 바꾸는 거. 왜 있잖아. 내가 좋아하는 애랑 짝이 될 수 있을까 상상하면서 얼마나 가슴이 두근거렸는지 몰라. 정말 재밌었는데."

"마사야 형, 지금은 학부모회에서 같은 학비를 내고 뒷좌석에 앉아서 수업 받는 건 불공평하다고 말들이 많아서 아침에 온 순서대로 자유롭게 앉아. 그러니까 공부 잘하는 애가 빨리 와서 앞에 앉고 그렇지 못한 애는 뒤에 앉아."

"그런 식으로 한다고? 입시학원하고 똑같네. 잠깐, 너 혹시……."

"거, 짓, 말!"

"뭐야! 너 진짜 맞아 볼래? 거짓말하지 말고."

"마사야 형, 개그야."

"알았어, 알았어. 그리고 또 소풍. 예전에는 학교에서 과자는 300엔치 이내로만 사라고 정해져 있잖아. 그래서 과자 고르는 재미가 있었는데."

"음, 소풍."

"그건 지금도 변하지 않았겠지?"

"그러니까……."

"지금부터 거짓말 생각하지 말고. 안 변했지?"

"응……."

"너 뭔가 불만 있는 거 같은데. 그럼 다카시, 너는 소풍 때 뭐 갖고 가냐?"

"초콜릿이나 포테이토칩."

"응응."

"도넛이나 슈크림."

"응응."

"수박이랑 딸기."

"응?"

"캐비어랑 푸아그라(거위나 오리의 간, 또는 그것을 재료로 만든 프랑스 요리 —옮긴이)랑 두리안."

"왜 그런 걸 갖고 가? 게다가 푸아그라나 두리안 같은 건

간식이 아니잖아. 가지고 다니기도 불편하고 두리안은 냄새
도 나고."

"하지만 두리안은 과일 중에 최고라고."

"최고긴 하지만. 근데 어떻게 두리안을 알아? 뭐 상관없지
만. 그리고 300엔으로는 못 살 텐데."

"그래서 마사야 형한테 부탁이 있어."

"뭔데?"

"여기 300엔 있으니까 이걸로 내일 3~7번 한 조만 마권
(경마에서 이길 것으로 예상되는 말에 돈을 걸고 사는 표 —옮긴이)
을 사다 줘."

"저기, 다카시, 그건 말도 안 돼. 먼저 근본적으로 법을 위
반하는 일이고, 만일 잘돼서 3만 엔 딴다고 해도 소풍에는
300엔밖에 못 써. 돈을 불리면 된다는 법은 없으니까."

"안 되나? 기발한 아이디어라고 생각했는데."

"그런 말은 방송에서 안 하는 게 좋아. 경찰에 감시당하면
어쩌려고."

"아, 대본을 짜는 건 마사야 형입니다."

"야! 너 그런 말 하지 말랬지. 그건 그렇고 어쨌든 소풍은
즐거워. 초등학생 때로 돌아가고 싶다."

"걱정 마, 마사야 형은 돌아갈 수 있어."

"어떻게?"

"형은 생각하는 게 초등학생이랑 똑같잖아."

"야야, 됐어."

"감사합니다."

이상, 읽어 주신 분들에게 감사하다는 말을 전하고 싶다. 글로 읽어서 느낌이 잘 전달되지 않았을 것이다. 나중에 유튜브 동영상 한번 찾아보기 바란다. 어쨌든 나와 다카시는 실수 없이 무사히 개그를 마쳤다. 결과는 열 팀 중 4위. 3위 안에 들면 최종 결선에 나갈 수 있는데 우리는 한 단계 더 진출하지 못했다. 이렇게 해서 나와 다카시의 첫 공동 작업은 막을 내렸다.

여느 때와 마찬가지로 우리는 다카시 집에서 조촐한 뒤풀이를 했다.

"다카시한테 그런 재능이 있을 줄은 몰랐어."

다카시 어머니가 흐뭇하게 말했다.

"겨우 끝났어, 창피해서 혼났네."

다카시는 여전히 냉담하게 말했다. 그래도 잘 끝나서 안심한 기색이었다.

"마사야 형, 정말 잘하는 사람 많더라. 우리가 4위 한 건 신기하니까 준 거고."

다카시는 냉정한 자기 분석 속에서도 조금은 분한 마음이 있는 것 같았다. 어머니가 녹화해 놓은 오늘 방송을 보며 다카시는 다른 콤비의 개그를 뚫어지게 관찰했다. 나로 말할 것 같으면 이미 아무 힘도 남아 있지 않은 빈 껍데기 상태였다. 오늘은 다카시의 체력을 쫓아가지 못할 것 같았다.

나는 다카시의 어머니가 해 주신 저녁을 먹고 나서 돌아가려고 했다.

"바래다줄게."

다카시가 처음으로 그렇게 말하며 따라 나왔다. 우리는 자연스럽게 공원으로 향했다. 공원에는 평소와 마찬가지로 한 사람도 없었다. 우리는 벤치에 나란히 앉았다.

"어땠어?"

"뭐가?"

"개그 말이야."

이미 어둑어둑해져서 서로의 표정이 거의 보이지 않았다. 하지만 우리에게는 오히려 다행이었는지 모른다. 나도 다카시도 서로의 얼굴을 보면서 이야기하는 것이 조금 민망했기 때문이다.

"역시 실제로 해 보니까 어렵더라. 하지만 막상 해 보니까 할 수 있다는 생각도 들어."

"응."

"재밌었어."

"정말 다행이다, 나도 정말 재밌었어."

주위가 어두워서 평상시에는 보이지 않던 별이 두세 개 보였다. 보름달에서 조금씩 이지러지기 시작한 달이 구름 뒤에 숨어 있었다. 달빛이 구름을 노랗게 물들였다.

"일단 내가 졸업할 때까지는 여름 방학이나 봄 방학 때 계속할 수 있을 거 같아."

"그래? 알았어."

"하지만 그 이상은 못 할 거야. 그러니까 혼자서 열심히 해야 돼."

다카시의 목소리는 부드러웠다. 나에게 다카시는 이미 초등학생이 아니라 진짜 파트너였다.

"알고 있거든, 원래 혼자였으니까."

"착각하지 마. 우리가 실력이 좋은 게 아냐. 사람들은 내가 신기했을 뿐이라고."

"알고 있다니까."

아마 지금부터가 정말 힘들 것이다. 나는 초등학생과 콤비인 사람이라는 소리를 들을 것이 분명하다. 이름은 알려졌다. 기회도 늘었다. 하지만 앞으로 더 많은 도전이 필요했다.

"좋아, 이제 갈까?"

"마사야 형."

"왜?"

"고마워."

이렇게 해서 우리들의 첫 무대는 막을 내렸다.

다카시

다음 날 나는 집에 돌아오는 길에 리코를 발견하고 쫓아가며 불렀다.

"리코."

리코는 눈부시게 웃으면서 돌아보았다.

"어머, 천재 개그맨이다."

"하지 마."

우리는 언제나처럼 나란히 걸었다. 리코는 좀 전의 말 외에는 어제의 개그에 대해 한 마디도 하지 않았다. 오늘 쉬는 시간에 있었던 재미있는 일에 관한 이야기만 했다. 그런 리코를 곁눈질하면서 나는 '역시' 라고 생각했다. 그리고 나는 리코와 함께 있으면 즐겁고 왠지 가슴이 두근거렸다.

최근엔 자주 함께 걸었는데 오늘은 왠지 다른 느낌이었다. 길가에 있는 자동판매기도 뒷골목에서 얼굴을 내미는 고양이도 전선과 전선이 겹쳐진 틈새도 또 그 틈새로 보이는 하늘의 색깔도 보통 때와 같은데 오늘은 명암이 더 확실해져서 뚜렷하게 보이는 듯했다.

"전혀 관계없는 얘기해도 돼?"

"응."

내가 리코에게 무슨 말을 하려고 하는지 어쩌면 리코는 이미 알아챘을지도 모른다고 생각하면서 말을 시작했다.

"나 매일 재미없게 지내는 거 아냐. 잘 웃지 않지만 나 나름대로 재미있어."

"응."

우리는 둘 다 정면을 보면서 천천히 걸었다. 언제부턴가 우리 둘은 똑같은 보폭으로 걷고 있었다.

"하지만 요즘에는 도저히 참지 못할 정도로 웃음이 나올 때가 있어, 엄마랑 얘기할 때나 마사야 형과 얘기할 때. 서로 농담하면서 웃기도 해."

지금 내 이야기를 듣고 있는 리코의 옆얼굴은 교실에서 아이들에게 둘러싸여 이야기를 듣는 표정인가? 아니, 좀 다른 느낌이 든다. 왼쪽 눈이 더 반짝거렸다.

"자기 전에 이불 속에서 '아, 재밌었다.' 라고 생각할 때가 있어."

"그래? 다행이네."

"응, 나도 그렇게 생각해."

리코가 나를 쳐다보았다. 나는 왠지 부끄러워져서 그냥 앞을 보고 이야기했다.

"다른 사람과 나의 차이는 잘 모르겠지만."

"응."

"내가 앞으로 더 즐거워지기 위해서는 리코가 필요해."

"응."

아주 천천히 걷다가 우리는 누가 먼저랄 것도 없이 멈춰 섰다. 나는 이렇게 말하면 이상하지만 리코 쪽을 바라보았다.

리코의 눈동자는 여전히 반짝이고 있었다. 그 모습을 보자 나는 무척 기뻤다.

"내가 리코를 더 즐겁게 해 줄 수 있을 것 같아."

"응, 분명 즐거울 거야."

리코가 활짝 웃었고 나도 따라 웃었다. 오늘 밤 잠들기 전에는 리코의 웃는 얼굴이 떠오를 것이다.

"다카시."

"왜?"

리코는 나를 정면으로 바라보고 있었다.

"우리 어른이 돼도 변함없이 계속 사이좋게 지낼 수 있을까?"

"물론이지."

"나도 그러고 싶어."

실제로는 단 몇 초뿐이었을지도 모른다. 우리가 서로 바라보는 동안에는 시간이 천천히 흘러가는 느낌이었다. 그 순간은 마치 신이 우리에게 준 선물과 같은 시간이었다. 리코가 천천히 입을 열었다.

"갈까?"

리코는 다시 걷기 시작하면서 왼손으로 나의 오른손을 살며시 잡았다. 우리는 갈림길까지 손을 잡은 채 걸었다.

"정말이야?"

"목소리가 너무 커."

그냥 입 다물고 있기도 좀 그래서 이날 일을 나중에 내 방에서 마사야 형에게 말했다. 마사야 형은 맨션 전체가 울릴 만큼 큰 목소리로 떠들어 댔다.

"뭐야, 뭐야? 어떻게 홀린 거야? '죽어 버릴 거야!' 라고 협박하기라도 한 거야?"

"드라마 좀 그만 봐. 그런 말을 어떻게 해?"

머리를 마구 쓰다듬는 마사야 형은 역시 분위기 파악을 못한다고 할까, 조금 귀찮다. 그렇지만 너무 기뻐하는 것 같아서 참기로 했다. 나는 히죽히죽 웃으면서 질문 공세를 퍼붓는 마사야 형을 무시하고 다른 이야기를 했다.

"일거리는 좀 들어와?"

"응, 조금씩."

마사야 형이 가슴을 펴고 대답하는 것을 보고 나는 '다 내 덕분이지?' 라고 생각했지만 입 밖에 내지는 않았다. 가끔은 기분 좋게 해 주는 것도 괜찮으니까.

나도 마사야 형도 앞으로 어떻게 될지 아무도 모른다. 앞으로 더 많은 일이 생기겠지. 나쁜 일도 있을 것이다.

하지만 왠지 조금은 내일이 기대된다. 주위에 있는 멋진 사람들과 함께 나와 마사야 형의 이야기는 앞으로도 계속될 것이다.

3. 싸움에서 지는 방법

마사야

오랜만이다. 나는 건강하게 잘 지낸다. 지난여름에 있었던 개그 콘테스트를 계기로 내 인생은 조금씩 달라지기 시작했다. 몇몇 텔레비전 프로그램에서 의뢰도 들어왔다. 내가 소속된 기획사에 출연을 제의해 온 프로그램 담당자 대부분이 실제 일은 나 혼자 한다는 것을 알고 태도를 바꾸었다.

"다카시가 없으면 의미가 없습니다."

하지만 특이한 것을 좋아하는 몇몇 프로그램에서는 다카시가 없어도 괜찮다며 출연 의뢰를 해 왔다. 모두가 나를 '그 초등학생의 상대 역'으로 취급했다.

"넌 혼자서는 정말 재미가 없어."라고 선배 개그맨에게 구박을 받는 역할이었지만 그래도 나는 열심히 했다. 솔직히 말해서 지금 나는 일을 가릴 만한 여유가 없다. '수염이 대 자라도 먹어야 양반'이라고 했던가? 먹고 살기도 어려운 녀석이 높은 이상에 대해 이야기하는 꼴은 우스꽝스럽다. 지금은 묵묵히 주어진 일을 할 때다.

어쨌든 이 세계 선배들은 좀 특이하지만 따뜻한 사람이 많아서 다행이다. 조금 전까지 카메라 앞에서 나에게 재미없다고 면박을 주면서 웃음을 유도하던 사람이 분장실에서는 내 어깨를 토닥거려 주었다.

"열심히 해. 지금이 힘내야 할 시기야."

이렇게 말해 주면 쓸데없는 신경을 쓰지 않게 된다. 얼굴이 팔리기는 했지만 개그로 인정받은 것은 아니다. 나는 재미있는 사람이 되고 싶다. 그러기 위해서는 일을 하면서 더 많은 것을 배워야 한다. 세상에는 재미있는 녀석들이 널려 있다.

이래저래 나는 나름대로 충실한 일상을 보내고 있다. 다카시는 초등학교라는 작은 집단 속에서 아주 유명해진 모양이다. 예상했던 일이다. 쉬는 시간이 되면 상급생 몇몇이 일부러 다카시네 교실까지 찾아와 치근댄다고 한다.

"너 정말 재밌더라, 한번 웃겨 봐."

그러나 다카시는 평소처럼 무관심한 태도로 무시해서 상급생의 기분을 상하게 한 것 같았다.

"귀찮아."

다카시는 내 앞에서는 그렇게 말한다. 하지만 녀석은 어머니 앞에서는 아무 말도 하지 않는다. 학교에 가고 싶지 않다는 말도 하지 않고 여느 때와 마찬가지로 모범생인 척 연기한다. 사실은 내가 학교에 가서 그런 녀석들을 모조리 때려 주고 싶지만 그런 일은 나뿐만이 아니라 다카시나 어머니에게도 폐가 되는 일이다. 흥분해서 화를 내는 나에게 다카시는 이렇게 말했다.

"신경 쓰지 마."

그건 그렇고 우리는 다카시의 다음 겨울 방학에 맞춰 단독으로 라이브를 하게 되었다. 정규 프로그램의 개막 전 출연밖에 경험이 없는 나에게는 꿈과 같은 이야기였다. 하지만 다카시는 심각하게 생각하지 않는 듯했다.

"귀찮지만 내년에 대상을 타려면 경험을 쌓아 두는 편이 좋겠지."

혹시 오해하는 사람이 있을지 몰라서 보충 설명을 덧붙인다면 다카시가 말하는 '경험을 쌓아 두는' 쪽은 다카시가 아닌 나의 경험을 말하는 것이다. 녀석은 내가 나오는 텔레비전 프로그램을 체크해서 고맙게도 곧바로 결점이나 약점을 지적해 준다. 이 점은 콤비를 이루기 전과 전혀 달라지지 않았다.

우리에 관한 문의가(엄밀하게 말하면 다카시에 관한 문의지만) 언젠가부터 사무실로 많이 오는 모양이었다. 그래서 회사에서 겨울에 공연장을 잡아 준 것이다. 나에게는 관객 앞에서 개그를 할 수 있는 기회가 아주 중요하다. 다카시가 학교에 있는 동안은 혼자서 활동해야 하기 때문이다. 나는 지금 출연하고 있는 프로그램에서 어떻게 하면 더 눈에 띌 수 있는지 궁리하면서 아르바이트를 계속하고 있다. 그리고 라이브를 위해 개그의 소재를 생각하는, 지금까지와 비교하면 아주 바쁜 생활을 하고 있다. 나는 정말 하루하루를 충실하게 보냈다.

그러나 다카시는 그렇지 않았다. 어느 날 평상시처럼 녀석의 집에 갔을 때 나는 다카시의 오른쪽 뺨이 부어 있는 것을 발견했다.

"얼굴 왜 그래?"

나의 질문에 다카시는 대답하지 않았다. 하지만 내가 집요하게 묻자 마지못해 대답했다.

"전에 말한 녀석들한테 맞았어. 엄마한테는 말하지 마."

다카시는 항상 그랬듯이 쌀쌀맞게 말하고는 나에게서 등을 돌려 집 안으로 들어갔다.

"잠깐만, 왜 맞았는데?"

"내 태도가 맘에 안 들어서 그랬겠지. 뭐 상관없어."

담담하게 말하는 다카시가 오히려 나를 화나게 했다. 따지고 보면 나에게도 책임이 있다. 내가 다카시를 개그의 세계로 끌어들였으니까. 나는 양심의 가책을 느꼈다.

"게임 하자."

다카시는 아픈 기색도 신경 쓰는 기색도 드러내지 않았다. 나는 아무 말 없이 다카시 옆에 앉았다. 권투 게임이었다. 다카시는 게임 속에서 날렵한 잽을 사정없이 날리면서 나를 몰아붙였다. 나는 다카시와 나란히 앉아 텔레비전 화면을 보고 있으면서도 내 쪽에서는 보이지 않는 다카시의 오른쪽 뺨이 신경 쓰여 게임에 집중할 수 없었다. 그래서 금방 다카시에게 다운 당하고 말았다.

"알았다, 이렇게 하면 이길 수 있구나."

다카시는 나를 보면서 말하고 히죽 웃었다. 평소 같으면 '어쩌면 이렇게 얄밉게 웃을까.' 라고 생각했겠지만 오늘은 부어오른 뺨 때문인지 웃고 있어도 슬퍼 보였다.

"저기, 다카시. 아무래도 얼굴 그대로 두면 어머니가 눈치채실 거야. 냉찜질이라도 해서 좀 가라앉히는 게 어때?"

다카시는 귀찮다고 투덜거리면서도 냉동고에서 얼음 두세 개를 꺼내 비닐봉지에 넣은 다음 얼굴에 댔다. 그리고 그대로 소파에 누웠다.

"게임처럼 안 되는 이유 첫 번째, 게임과 달리 맞으면 아프니까 피하느라 공격을 못 한다. 두 번째는 몸집이 너무 차이 난다. 세 번째 인원수가 다르다. 뭐 그 정돈가?"

담담한 말투가 여느 때와는 달랐다. 하지만 나는 그런 다카시를 보고 있자니 답답했다.

"이젠 됐어."

나는 이 상황에서 내가 어떻게 하면 좋을지 나쁜 머리로 열심히 생각했다. 그러나 좋은 아이디어가 떠오르지 않았다.

나는 좋은 의미에서(라고 나는 생각하지만) 덜떨어진 구석이 있기 때문에 어렸을 때부터 성장하지 않은 부분이 조금 있다.

하지만 어른의 세계와 어린이의 세계는 명확하게 구조가 다르다. 내가 다카시를 둘러싸고 있는 환경에 들어가서 할 수 있는 일은 아주 적다.

"그러니까 그 녀석들도 머지않아 싫증이 날 거야, 그래도……."

이어지는 다카시의 말은 의외였다.

"마사야 형, 싸움하는 법 좀 가르쳐 줘."

"그래, 좋아……라고 할 줄 알았냐? 아, 개그해 버렸다. 직업병이라니까."

다카시는 히죽 웃었다. 그 얼굴은 그야말로 건방진 꼬마 녀석의 얼굴이었다.

"여전히 엉망이야, 맞받아치는 거."

"이래 봬도 지금은 텔레비전에 가끔 나온다니까요. 어쨌든 그건 그렇고 다카시, 나는 워낙 점잖고 예의 바른 사람이라 싸움하는 법 따위를 가르쳐 줄 수는 없어. 네 엄마한테 혼날 거야."

누워 있던 다카시가 일어나서 나의 얼굴을 쳐다보았다.

"에이, 마사야 형, '나 예전에 주먹 좀 썼어.'라고 자주 말했잖아. 그거 거짓말이었구나. 사실은 맞고 다닌 거 아냐?"

"아, 아니야. 예전에는 진짜 동네에 소문이 자자했었어. 학교 끝나고 나면 유리창 깨고 오토바이로 폭주하고 그랬다니까."

나는 갈라지는 목소리로 대답했다. 물론 거짓말이다. 나는 중학교 때 사춘기의 반항심으로 아주 조금 불량한 녀석들을 흉내 낸 적이 있을 뿐이다. 하지만 싸움에는 소질이 없었기 때문에 중학교 2학년 때 애석하게도 은퇴한 과거가 있다. 그러니까 다카시에게 가르칠 만한 기술은 없다.

"다카시, 폭력을 폭력으로 대응하려는 자세는 좋지 않아. 형이랑 둘이서 평화적인 해결 방법을 생각해 보지 않을래?"

"그럼 마사야 형은 그냥 당하기만 하고 포기하라는 말이야? 그러고도 남자라고?"

다카시의 추궁에 나는 꺼져 들어가는 목소리로 대답했다.

"아니, 그런 뜻은 아니지만 단지 좀 다른 방법이 있지 않을까 해서……."

늘 그랬듯이 나는 다카시의 말을 반박하지도 못하고 다른 방법을 찾다가 가까스로 좋은 아이디어를 떠올렸다. 내 주위에 싸움을 잘하는 사람이 한 명 있었다. 나 따위는 도저히 이길 수 없는 상대였다.

이렇게 해서 나의 여자 친구와 내 짝이 만나게 되었다. 우리는 일요일 낮 에이코 집 근처에 있는 커다란 공원에 모였다. 햇빛이 눈부시게 쏟아지고 있었다. 나에게는 어떤 의미에서 에이코도 다카시도 운명의 상대이다. 두 사람이 동시에 눈앞에 있다는 사실이 왠지 우스웠다.

"안녕, 다카시."

"안녕하세요, 늘 마사야 형에게 신세를 지고 있어요."

나왔다, 저 착한 척하는 다카시! 다카시는 처음 만난 어른 앞에서는 천사처럼 행동한다. 빙그레 웃으면서 인사를 하는 다카시가 실은 뒤에서 히죽 웃는 작은 악마라는 사실을 눈치 채는 사람이 있다면 나는 아마 그 사람을 존경할 것이다. 다카시가 악마가 되는 것은 나의 눈앞에서뿐이지만.

"누나, 가라테(일본식 권법. 무기를 쓰지 않고 신체 각 부위를 이용해 상대방과 겨루는 무술 ―옮긴이) 잘하신다면서요? 정말 대단하세요."

다카시의 눈이 반짝거렸다. 나는 옆에서 '그렇게 아첨을 해도 아무 것도 안 나올걸.'이라고 생각했다. 하지만 에이코 는 어른스럽게 웃으면서 대응했다. 에이코는 (대다수의) 어른 을 별로 좋아하지 않아서 냉담한 시선으로 바라보지만 아이 들은 좋아한다.

"가라테는 오래 전부터 계속 배워 왔어. 그리고 격투기도 조금."

"격투기?"

"격투기는 그러니까 유도랑 좀 비슷한데 좀 더 실용적이 라고 할까, 여자가 자기 몸을 보호하기 위해 익혀 두면 좋아."

가라테를 한다는 것은 알고 있었지만 격투기는 처음 듣는 이야기였다. 앞으로도 에이코에게는 절대로 반항하지 말아야 겠다.

"와, 정말 누나는 너무 예뻐서 그런 거 못 하면 위험하겠네 요. 누가 덮치기라도 하면……."

"그땐 내가 지켜 주면 되니까 괜찮아."

"아냐, 둘 다 조금 흉내만 내는 정도라서 그렇게 잘하지는 못해."

"아니에요, 정말 대단하세요."

겨우 입을 연 나를 완전히 무시하고 계속 이야기하는 두 사람. 개그맨을 무시하다니 둘 다 배짱이 좋다. 커다란 광장 은 날씨가 좋아서인지 많은 연인과 가족이 제각기 즐거운 시 간을 보내고 있었다. 남들 눈에는 나와 다카시도 사이좋은 형 제로 보이겠지.

그러나 사실은 무시당해서 슬퍼하는 청년이 한 명 있을 뿐 이었다. 나는 잔디를 만지작거리면서 두 사람이 이야기하는 모습을 지켜보았다.

"그러니까 다카시는 가라테를 배우고 싶은 거지? 진짜로 배우고 싶으면 나한테 배우는 것보다 도장에 가서 배우는 게 좋을 텐데."

참고로 나는 에이코에게 왜 다카시가 가라테를 배우고 싶 어 하는지 설명하지 않았다. 다카시가 이유를 말하고 싶지 않 을지도 모르니까. 그래서 에이코의 질문에 다카시가 어떤 대답을 할지 알고 싶었다.

"저 상급생한테 맞았어요."

다카시는 평소 때와 다름없이 담담하게 대답했다.

"지금껏 맞아 본 적이 없어서 좀 허세처럼 들릴지 모르지만 신선했다고 할까요. 하지만 결코 좋은 일은 아니라는 생각이 들어서요……."

에이코는 아무 말 없이 고개를 끄덕였다.

"피할 수 있다면 피하고 싶지만 피할 수가 없어요. 그렇다면 차라리 자세히 알고 싶어요, 사람을 때린다는 거. 그래서 처음에 마사야 형한테 물어봤는데 방법을 모르는 거 같아요."

"난 평화주의자라니까."

두 사람은 또 내 말을 무시했다. 주위에서 들리는 아이들의 웃음소리가 귀에 거슬렸다.

"그래? 좋아, 한번 해 보자. 그런 동기가 있다면 이해할 수 있어."

에이코는 더 이상 묻지 않고 일어섰다. 다카시도 일어섰고 나도 따라 일어섰다.

"가라테라고 해도 일본에는 몇 가지 유파가 있어. 내가 배운 것은 풀 컨택트(방어용 도구 없이 직접 타격을 가하는 가라테의 한 종류―옮긴이)라고 해서 실제로 상대방을 공격하는 방법이야. 하지만 난 그냥 내 방식대로 하는 게 많아."

주먹을 쥐고 허리를 낮춘 에이코의 자세가 그럴 듯해 보였다. 어쩐지 신비스러운 기운까지 감돌았다.

"원래는 기본 동작부터 제대로 배워야 하지만."

에이코는 나를 보고 의미심장한 미소를 지으면서 말을 계속했다.

"다카시 얘기를 들으니까 실전을 가르치는 게 나을 거 같아. 한번 연습해 볼까?"

"예."

나는 처음엔 무슨 뜻인지 몰라서 그냥 서 있었다. 하지만 서서히 나의 몸에 위협이 다가온다는 사실을 알아차렸다.

"상대방 키가 어느 정도야?"

"다른 애들은 별로 안 큰데 대장 같은 녀석이 좀 커요. 아마 160센티미터 정도 될 거예요."

"그래? 그러면 마사야는 키가 몇이야?"

"165센티미터 정도."

에이코는 나와 다카시의 손을 잡아끌더니 서로의 손이 닿을 정도의 위치에 세우고 마주 보게 했다.

"그렇군, 이 정도 거리가 떨어져 있다는 거네. 그러면 상대방 얼굴까지는 닿지 않겠어."

에이코는 혼자 고개를 끄덕이면서 나의 배를 두 번 툭툭 쳤다.

"마사야, 배에 힘 줘."

"뭐?"

"빨리!"

이유도 모른 채 내가 배에 힘을 준 순간 에이코에게 정권 지르기(가라테나 권법에서 사용되는 지르기 기술 중 하나. 정권이란 주먹 쥔 손의 손등과 직각을 이루는 네 손가락의 마디 부분—옮긴이)를 당했다. 나는 순간 숨이 멎는 것 같아 얼른 크게 숨을 들이마셨다.

"자, 잠깐, 뭐 하는 거야? 윽!"

오늘 나는 무시당하는 날인가 보다. 에이코는 인형을 때린 사람처럼 나의 말을 완전히 흘려듣고는 다카시에게 말했다.

"다카시, 지금처럼 하는 거야. 겁내면 안 돼. 단번에 날려야 해. 상대는 키가 커서 네 얼굴을 노리겠지만 네가 상대의 얼굴을 노리기는 아주 어려워. 네 손이 닿는 범위에서 공격하는 연습을 반복해."

"자, 잠깐만, 난 샌드백 아니라고."

그러나 내 말이 끝나기 무섭게 다카시의 주먹이 날아왔다. 에이코에 비하면 확실히 비교도 되지 않을 만큼 약했다. 하지만 말을 하고 있었기 때문에 배에 힘이 들어가지 않아서 몹시 아팠다. 나는 요란스럽게 뒤로 넘어지면서 허둥지둥 두 사람에게 용서를 빌었다. 지금 생각하면 내가 왜 용서를 빌어야 했는지 웃음밖에 안 나오지만.

"좀 더 확실하게 덤벼들어서 치는 거야. 손만으로는 부족해. 손의 힘은 별거 아니니까."

쓰러진 나의 눈앞에서 벌어지는 강의. 두 사람이 반복해서 오른쪽 주먹을 내밀고 있다. 다카시의 지르기 솜씨가 조금씩 좋아졌다.

"좋아, 근데 마사야, 언제까지 누워 있을 작정이야? 초등학생한테 한 방 맞은 걸 가지고 소란 좀 피우지 마."

여기서 일어나면 또다시 인간 샌드백이 된다. 나는 미국 프로 레슬링 선수처럼 과장되게 양손을 앞으로 내밀었다.

"오, 노! 용서해 주세요! 대체 왜 그래, 내 배에 주먹을 날릴 필요는 없잖아. 대충 요 근처에 있는 다른 걸 찾아서 치면 되잖아?"

나를 내려다보고 있는 두 사람. 하지만 일어서면 또 맞을 테니 어쩔 수 없었다.

"다카시가 실전을 배우고 싶다고 하잖아. 그러려면 역시 사람을 상대로 연습하는 게 가장 좋아. 그래야 숙달되지. 그리고 마사야, 요즘 배가 처지기 시작한 거 같은데 잘됐네."

"맞아, 마사야 형. 개그맨은 복근이 중요해. 형은 그렇지 않아도 목소리가 잘 들리지 않으니까 배에 힘을 키우면 목소리도 커질 거야."

그런가? 복근은 발성에 중요한 역할을 하기는 한다. 그래서 결국 순진한 나는 선뜻 연습용 샌드백이 되기로 했다.

그 뒤부터 나는 다카시와 개그 연습을 하고 나서 조금 시간이 남으면 다카시의 주먹 세례를 받았다. 예전보다 더욱 기묘한 2인조가 된 것이다. 다카시는 에이코가 시간이 날 때마다 열심히 지도를 받았다.

나는 처음에는 기껏해야 초등학생 꼬마의 주먹이라고 생각했다. 사실 제대로 준비하고 맞으면 그다지 아프지 않았다. 그러나 일주일이 지난 다음부터 집에 돌아와서 목욕을 하려고 하면 배가 몹시 무겁게 느껴졌다. 그리고 이주일 째에는 힘이 들어간 배 위에 다카시가 주먹을 날리면 숨이 멎을 것 같은 무거운 느낌에 '윽' 소리가 저절로 나왔다.

다카시를 못살게 구는 상급생들은 한 번 다카시를 흠씬 두들겨 주고 나서 만족했는지 잠깐 동안 진정된 모양이었다. 하지만 그 뒤에도 기죽지 않고 유유히 학교에 다니는 다카시를 보고 또 '못살게 굴고 싶은 마음'이 생긴 듯했다. 다카시는 드디어 내일 수업이 끝난 뒤 남으라는 호출을 받았다고 했다. 장소가 어디인지 물었지만 다카시는 가르쳐 주지 않았다.

나와 다카시와 에이코는 그날 저녁 나의 지저분한 아파트에 모였다.

다카시는 우리 집에 오라고 하면 보통 때는 이렇게 말하며 잘 오지 않았다.

"마사야 형네 집에 가면 천식에 걸릴 것 같아서 가기 싫어."

하지만 이날은 군소리 없이 따라왔다. 스승을 만나고 싶었던 것 같다. 다카시는 에이코 앞에서 지금까지와 달리 약한 모습을 보였다.

"저 이길 수 있을까요?"

다카시는 아마도 나에게 마음을 연 듯하지만 약한 모습만은 보이려고 하지 않는다. 그리고 다른 사람들 대부분에게는 자신의 감정조차 내비치지 않는다. 하지만 에이코에게는 진짜 솔직한 기분을 드러내고 있었다. 나는 요 몇 주 동안 그렇게까지 커다란 존재가 된 에이코를 존경하는 동시에 다카시의 변화가 기뻤다. 녀석은 지나치게 꼬여 있었기 때문이다. 에이코는 남동생을 대하듯 상냥하게 웃으면서 대답했다.

"다카시, 사실 우리는 싸움을 말려야 해. 폭력은 절대 좋은 게 아냐. 그러니까 내일은 싸움에서 이기고 지는 승부를 내기 위해 가는 것이 아니야, 알았지?"

다카시는 에이코의 눈을 보면서 고개를 끄덕였다.

"나이도 몸집도 다르니까 네가 싸움에서 못 이기는 건 당연해. 하지만 너는 이기기를 원하는 게 아니잖아. 네가 바라는 건 도망가지 않는 것, 그렇지?"

다카시는 다시 한 번 고개를 끄덕였다. 에이코는 그런 다카시 머리를 가볍게 쓰다듬었다.

"무섭지?"

다카시는 좀 전보다는 작게 고개를 끄덕였다. 하지만 나에게는 다카시가 에이코의 말을 인정했다는 사실이 놀라웠다.

"그 두려움을 극복한다면 다카시가 이기는 거야."

다카시는 그 말에 빙그레 웃으면서 주먹을 휙 내밀었다. 다카시의 주먹은 2주 전에 비하면 상상도 못 할 정도로 깔끔하게 공중을 가르며 바람을 일으켰다.

"자, 그러면 다카시, 마지막 과제야. 나한테 한 방 날려 봐."

"예? 그건 못 하겠어요, 누나는 여자고……."

다카시의 말에도 아랑곳없이 에이코는 양쪽 주먹을 골반 옆에서 꽉 쥐고 허리를 낮췄다.

"괜찮아, 한 번만. 괜찮다니까, 난 단련돼 있어."

"하지만……."

"뭐야, 마사야라면 할 수 있어?"

그러자 다카시는 에이코의 말에 대답하는 대신 나의 배에 갑자기 주먹을 날렸다. 나는 완전히 방심한 상태였기 때문에 그렇지 않아도 강해진 다카시의 주먹을 정면으로 맞고 괴로워하며 뒹굴었다. 그 모습을 에이코는 즐거운 듯 바라보았다.

"참 보기 좋아, 너희들 관계."

"아니요, 그렇지 않아요. 악연이에요. 아, 누나 남자 친군데 죄송해요."

"괜찮아, 그냥 부러웠을 뿐이야."

"부러워? 잠깐만, 아야야, 진짜 요즘에는 내가 무슨 동네북 같다니까."

에이코는 우리를 보고 즐거운 듯 웃다가 다시 한 번 다카시에게 말을 걸었다.

"다카시가 마사야를 때릴 수 있다는 건 알았어. 하지만 내일 상대는 마사야가 아니야. 마사야 말고 다른 사람을 못 때린다면 아무 소용없어, 한 대라도 괜찮으니까 때려 봐."

한번 말을 꺼내면 에이코는 다른 사람 말을 듣지 않는다. 다카시는 망설이고 있었다.

"자."

다카시는 그래도 움직이지 않았다.

"어서!"

움직이지 않는 다카시에게 갑자기 에이코가 주먹을 내밀었다. 에이코의 주먹은 다카시의 코앞 1밀리미터에서 멈췄다. 다카시는 움직이지 않고 자신의 눈앞에 갑자기 나타난 주먹을 주시하고 있었다. 에이코는 살짝 웃으면서 주먹을 내려놓았다.

"내일은 망설이면 지는 거야."

에이코는 표정이 굳은 다카시의 머리를 손바닥으로 다정하게 쓰다듬었다.

"다카시는 참 좋은 아이야, 고마워."

에이코는 다시 학교로 돌아갔다. 나는 다카시를 데리고 다카시네 집으로 갔다. 집에는 신기하게도 어머니가 먼저 들어와 있었다.

"어머, 두 사람 다 어서 와. 늦게까지 개그 연습했어? 그러고 보니 공연이 얼마 안 남았네."

"예, 그렇죠 뭐, 그럼 전 이만."

"왜? 약속이라도 있어?"

어머니는 부엌에서 저녁 준비를 하고 있었다. 다카시는 곧
바로 부엌으로 가 테이블에 자리를 잡았다.

"아뇨, 뭐 특별한 건 없지만."

"그럼 저녁 먹고 가. 새삼스럽게 사양하고 그래? 세 사람
몫 준비했어."

나와 다카시와 어머니 세 사람이 함께 테이블에 앉을 수
있는 기회는 흔치 않다. 고향에 자주 가지 못하는 지금의 나
에게는 '가정'을 느낄 수 있는 이런 시간이 싫지 않았다. 다카
시도 말하지 않을 때는 귀여운 동생 같고.

"오늘은 일이 빨리 끝나서 다행이야, 오랜만에 다카시랑
마사야도 함께 저녁을 먹을 수 있으니까."

다카시는 아무 말도 하지 않고 언제나처럼 엄청난 속도로
생선조림을 먹었다.

"정말 항상 늦게까지 고생이 많으세요."

"그렇지 뭐, 할 수 없잖아. 근데 마사야도 요즘은 바쁘지
않아? 텔레비전에 많이 나오던데."

"그 정도는 아니에요. 모두 다카시 덕분이죠."

다카시는 입속에 밥을 잔뜩 문 채로 말을 하려고 해서 어
머니에게 주의를 받았지만 그래도 상관하지 않고 말했다.

"맞아, 내가 없으면 전혀 재미없어."

"아니야, 얼마 전에 텔레비전에 나왔을 때 봤는데 얼마나 웃겼다고."

"그건 웃긴 게 아니라 웃음거리가 된 거지."

정말 밉살스러운 꼬맹이 녀석이다. 하지만 이런 다카시를 웃으면서 나무라는 어머니를 보는 것이 싫지는 않았다. 그 사이에 다카시는 어른 둘을 제쳐 놓고 순식간에 밥을 다 먹고는 목욕한다면서 부엌을 나갔다. 나와 어머니의 밥은 아직 반이나 남아 있었다. 다카시가 나가고 나서 잠시 침묵이 흐른 뒤 어머니가 말을 꺼냈다.

"마사야, 요즘 우리 애 어때?"

나는 어떻게 대답해야 좋을지 몰라 별일 없다는 식으로 대답했지만 마음은 편하지 않았다.

"특별한 일은 없는데요."

다카시 어머니는 다카시가 나간 부엌문을 한번 흘낏 보고는 작은 목소리로 나에게 말했다.

"저 애, 요즘 학교에서 괴롭힘 당하지 않아?"

갑자기 어머니가 그렇게 말하자 나는 당황해서 해야 할 말과 해서는 안 될 말이 잘 구별되지 않았다. 분명 어머니도 내가 안절부절못한다고 느꼈을 것이다.

"아, 그게, 다카시는 저한테도 그런 얘기는 별로 안 해요. 아무래도 유명해지면 좀 힘든 부분이 있을 거예요. 제 탓도 큰 거 같아서 걱정이에요."

어머니는 살짝 한숨을 쉰 뒤 웃는 얼굴로 대답했다.

"아냐, 마사야 탓이 아냐. 유명해지는 건 나쁜 일이 아냐. 다만 엄마로서의 느낌이라고나 할까? 물론 그런 생각이 들면 본인한테 물어보는 게 가장 빠르겠지만 초등학교 3학년생치고는 자존심도 강한 편이라 얘기하고 싶지 않은 부분도 있을 테니까. 물론 고민하고 있다면 도와주고 싶고 만일 우리 애를 괴롭히는 애들이 있다면 가서 혼내 주고 싶어. 하지만 그게 과연 저 애한테 좋은 일일까라는 생각도 들고. 물어보지 못하겠어. 다카시는 다른 애들보다 두 배는 어려워."

나는 내가 알고 있는 것을 모두 이야기하고 싶었다. 상급생이 다카시에게 시비를 걸어 주먹질까지 당한 일, 다카시가 두려워하면서도 혼자서 싸우려고 결심한 일, 어머니에게는 그 사실을 알려야 한다는 생각이 들었다. 하지만 다카시가 알면 분명 싫어할 것이다. 나는 망설이고 망설이다 그냥 입을 다물었다.

"어쨌든 아이가 보내는 신호만은 놓치지 않으려고 노력하고 있어. 나는 함께 있는 시간이 적으니까 보통 엄마들보다 해 줄 수 있는 게 적을 테지만."

욕실 문 너머에서 샤워하는 소리가 들렸다.

"저 애가 하는 일에 대한 책임은 모두 내가 져야 돼, 엄마니까. 몰랐다는 말은 핑계일 뿐이야."

그렇게 말하며 웃는 어머니의 강한 의지가 숨겨진 표정을 다카시에게 보여 주고 싶었다. '너는 사랑받고 있어.' 라고 말해 주고 싶었다.

다카시가 욕실에서 나와 소파에 누워 텔레비전을 보기 시작했다. 나는 어머니에게 밥을 잘 먹었다는 인사를 하고 다카시의 배를 가볍게 툭툭 치고는 집으로 돌아갔다.

다음 날 나는 별다른 일정이 없었다. 그래서 점심으로 컵라면을 먹은 뒤 집을 나섰다. 행선지는 다카시가 다니는 초등학교다. 나는 안경과 마스크로 어설프게 변장을 하고 교문에서 가까운 전봇대 뒤에 숨었다. 사실 나는 어제 어머니와 이야기하기 전까지 이런 일을 하는 것을 망설였다. 하지만 다카시 어머니의 말을 듣고 나서 마음을 굳혔다.

교문에서 학생들이 우르르 몰려나왔다. 학생들이 파도처럼 빠져나간 뒤 천천히 걸어가는 무리가 보였다. 모두 다섯 명이었다. 가운데에 키가 큰 녀석이 있고 나머지 아이들은 그다지 크지 않았다. 그리고 그 무리의 뒤를 따라 다카시가 걷고 있었다. 중간의 키 큰 녀석은 보란 듯이 가슴을 펴고 걸으면서 가끔씩 뒤에 있는 다카시를 노려보았다.

교문을 나온 집단을 내가 막 미행하려고 할 때 그 다섯 명과 다카시의 뒤를 몰래 쫓아가는 또 한 명이 내 앞에 나타났다. 빨간 가방을 멘 여자아이였다. 그러니까 다섯 명의 뒤에 다카시, 그 뒤에 멀찌감치 떨어져서 여자아이, 또 그 뒤에 변장한 내가 차례대로 걸어가고 있었다.

어쩐지 눈에 익은 길이라고 생각했더니 아이들은 나와 다카시가 처음 만났던 공원으로 가고 있었다. 여섯 명은 어둑어둑한 작은 공원 안으로 들어갔다. 여자아이는 공원 입구 주변에 숨어서 바라보고 있었다. 나는 여자아이에게 숨어서 지켜볼 장소를 빼앗겼기 때문에 공원 바깥쪽을 돌아서 여자아이 맞은편에 있는 수풀 속에 몸을 숨겼다.

무슨 대단한 결투라도 벌일 듯이 다섯 명의 아이들과 다카시가 마주 보고 서 있었다. 두 명은 다카시와 체격이 비슷했지만 나머지 두 명은 다카시보다 컸고 가운데 있는 녀석은 나보다 조금 작을 정도였다. 가운데에 있던 대장 같은 녀석이 다카시를 내려다보며 말했다.

"건방진 녀석, 텔레비전에 한 번 나왔다고 네가 그렇게 잘난 줄 아냐?"

평소 때보다 붉어진 다카시의 얼굴이 내가 있는 곳에서도 보였다. 지금 바로 나가서 도와주고 싶은 마음은 굴뚝같지만 나는 꾹 참았다.

"나는 아무것도 변한 게 없어. 변한 건 너희들이라고. 가만히 있는 나를 건드린 게 너희들 아냐? 더 이상 건드리지 마."

다카시의 목소리가 조금 떨렸다. 나는 항상 옆에서 다카시의 목소리를 듣기 때문에 알 수 있었다. 다카시가 있는 힘을 다해 용기를 냈다고 생각하니 가슴이 뜨거워졌다.

"넌 확실히 건방져. 선배한테 감히 그 따위로 대들어?"

키 큰 녀석이 가방을 옆 아이에게 건넸다. 다카시도 가방을 땅에 내려놓았다. 키 큰 녀석이 한 발 앞으로 나오자 다카시는 주먹을 쥐고 허리를 낮췄다. 주위에 긴장이 감돌았다. 내가 있는 곳에서는 다카시와 키 큰 녀석 사이로 입구 쪽에 있는 여자아이가 보였다. 여자아이의 시선은 분명히 다카시를 향하고 있었다.

먼저 움직인 것은 다카시였다. 아니, 정확하게는 키 큰 녀석이 한 발 앞으로 나온 순간 다카시가 더 크게 발을 내디뎠다. 단번에 둘의 거리가 좁혀졌고 그 순간 다카시의 오른쪽 주먹이 키 큰 녀석에게 날아갔다. 쿵 하는 둔탁한 소리가 들리는가 싶더니 조금 낮게 픽 소리가 났다. 다카시의 주먹이 멋지게 키 큰 녀석의 배를 공격했고 거의 동시에 키 큰 녀석의 주먹이 다카시의 뺨을 쳤다. 순간 둘의 움직임이 멈췄다. 하지만 그 뒤에 바로 들려온 것은 지금까지 들어 본 적이 없는 다카시의 외침이었다.

"이얍!"

다카시는 한 걸음 더 나아가 키 큰 녀석의 몸에 세 번 주먹을 휘둘렀다. 고통과 공포로 일그러진 키 큰 녀석의 얼굴이 내가 있는 곳에서도 선명하게 보였다. 키 큰 녀석이 뭔가를 떨쳐 버리듯 휘두른 주먹이 또다시 다카시의 뺨에 맞으며 두 아이는 동시에 뒤로 나자빠졌다. 나는 수풀을 헤치고 뛰쳐나가 다카시에게 달려갔다.

"괜찮아?"

다카시의 눈은 지금까지 본 적 없는 희미한 빛을 발하고 있었지만 나를 보자마자 바로 평상시의 다카시로 돌아왔다.

"어, 마사야 형, 왜 여기 있어?"

"바보, 걱정이 되니까 왔지."

다카시는 겨우 안심한 얼굴로 뺨을 문질렀다.

"으윽."

내가 뒤돌아보니 키 큰 녀석이 배를 움켜쥐고 쭈그려 앉아 있었다. 한 녀석이 부축해 일으켜 세우더니 녀석들은 어깨를 축 늘어뜨리고 공원을 떠났다.

"이긴 거지?"

다카시는 땅바닥에 앉은 채로 나를 보며 물었다.

"응, 대승리야. 너 굉장하더라!"

내가 다카시의 양팔을 부축해 일으켜 세우자 다카시는 바지에 묻은 흙을 털어 냈다.

"진짜 무서웠어."

"그래, 그러니까 넌 대단해."

다카시는 흥분했다. 원래 감정을 겉으로 드러내는 성격이 아니지만 이날은 당연히 흥분할 만했다. 여러 명을 상대로 혼자서 싸웠으니 말이다.

"망설이면 진다고 누나가 어제 말했잖아. 그래서 어떻게든 먼저 한 방 날려야겠다고 생각했어."

"응, 대단해."

오늘처럼 흥분한 다카시의 목소리는 아마 무대에서도 들을 수 없을 것이다. 왼쪽 뺨은 지난번보다 더 부어올라 있었다. 그러나 다카시는 개의치 않았다. 혼자 해냈다는 자신감이 얼굴에 흘러넘쳤다.

갑자기 생각이 나서 뒤를 돌아보니 좀 전의 그 여자아이가 아직 공원 입구에 서 있었다. 서 있다기보다 놀라움에 그 자리에 얼어붙었다는 편이 맞을 것이다. 넋을 잃은 듯 보였지만 그래도 시선은 다카시를 향하고 있었다.

"저 애 알아?"

"리코."

나는 다카시의 표정으로 여자아이가 누군지 눈치를 챘다.

"잠깐 갔다 올게."

다카시는 그렇게 말하고 여자아이가 서 있는 곳으로 걸어갔다.

"난 이만 간다."

나는 다카시의 등에 대고 외치고는 발길을 돌렸다. 나도 그렇게 눈치 없는 녀석은 아니니까. 사실은 무지하게 보고 싶지만 작은 영웅을 방해할 수는 없었다.

그리고 우리는 연말 단독 공연 날을 맞이했다. 초반에는 촌극 형태로 후반에는 만담식 개그로 진행했다. 작은 회장이 지만 만원이었다. 내 입으로 말하기는 좀 그렇지만 틀림없이 다카시를 보러 온 사람들이 대부분이었을 것이다. 그래도 긴장을 늦출 수는 없었다. 공연은 생각했던 것 이상으로 반응이 좋았고 드디어 마지막 개그를 할 차례가 돌아왔다.

"예, 트라이얼 앤드 에러입니다. 잘 부탁합니다."

"잘 부탁합니다."

"다카시, 이렇게 많은 분들이 보러 와 주셔서 정말 다행이다."

"진짜로 기쁘네요."

"이게 다 다카시 덕분이야."

"그렇지."

"좀 아니라고 해 봐!"

"맞잖아, 마사야 형 혼자 텔레비전에 나올 때 보니까 진짜 재미없더라."

"야, 그런 소리는 좀 작게 해라. 다들 눈치챌라."

"여러분도 알고 있어, 마사야 형이 재미없다는 거."

"야, 쉿!"

"뭐 상관없잖아, 마사야 형은 그런대로 좋은 녀석이니까, 좀 재미없긴 해도."

"안 괜찮아. 개그맨이 재미없다는 소리를 듣는데 괜찮을 리가 있냐? 그리고 뭐, 그런대로 좋은 녀석이라고?"

114

"미안, 그럼 적당히 좋은 녀석."

"그게 그거잖아."

"타율로 치자면 2할 7푼 5리 정도로 좋은 녀석."

"어중간하네, 하다못해 3할로 쳐 주라."

"씨름으로 말하면 7승 8패."

"결국 진 횟수가 더 많네."

"얼굴은 후보 수준이지만."

"됐어. 그건 그렇고 다카시, 벌써 연말이야. 내년 목표를 서로 말해 볼까? 내년의 포부 같은 거."

"좋아, 마사야 형은?"

"물론 나는 내년에는 더 많은 인기를 얻는 거지. 고정 출연을 하게 되면 근사할 것 같아."

"흠."

"어때?"

"뭐 꿈꾸는 건 자유니까."

"넌 전혀 흥미 없어?"

"아니, 다만……."

"다만 뭐?"

"뭐 열심히 노력하면 좋은 일이 있을 거야."

"참 찝찝하게 말하네, 알았다고, 노력한다고요! 다카시의 내년 목표는?"

"난 이미 정해졌어."

"뭔데?"

"내년에는 좀 더 어른이 될 거야."

"다카시, 그런 걸 굳이 목표라고 할 것까지야. 너 같은 경우에는 그냥 놔둬도 알아서 어른에 가까워져. 성장이라는 이름의 계단을 오르고 있으니까."

"그건 알고 있어. 다만 내년에는 내면적으로 더 성장했으면 좋겠어. 내년에도 꼬맹이 콤비를 이끌어야 하니까."

"꼬맹이?"

"마사야 형 말이야."

"꼬맹이한테 꼬맹이라는 소릴 들었다. 뭐 할 수 없지. 그래서 다카시는 어떤 어른이 되고 싶은데?"

"마사야 형, 남자가 진짜 어른이 되면 말이야, 대화할 때 말이 필요 없대."

"그게 무슨 소리야, 다카시?"

"남자는 말이지, 주먹으로 대화한대."

"미안, 무슨 말인지 잘 모르겠어."

"그러니까 남자는 강해져야 한다는 말이야. 난 내년에 강한 남자가 되는 것이 목표거든."

"그렇군, 강한 남자가 되고 싶다는 말이네."

"마사야 형, 시비 거는 불량배 역할 해 봐. 내가 여자랑 걸어올 테니까 시비 걸어 봐."

"응, 알았어."

"그럼 내가 이쪽에서 걸어갈 테니까 마사야 형은 저쪽에서 걸어와."

"응응, 내가 불량배 역할이라고. 예전에 한때 놀아 본 경험이 있어서 자신 있어."

"마사야 형은 불량배라기보다 인생 자체가 불량채권 느낌이지만."

"……시작한다. 야, 뭘 봐? 오, 예쁜 아가씨가 있네. 이봐 아가씨, 그 녀석보다 나랑 노는 게 어때?"

"어머, 싫어. 당신 같은 못생긴 남자."

"잠깐만, 지금 다카시 누구 역할 한 거야?"

"여자 역할."

"왜? 너 강한 남자 역할 하고 싶은 거 아냐?"

"하지만 마사야 형이 여자한테 말 걸었잖아."

"이 장면은 네가 '까불지 마!' 라고 하면서 나와 한바탕 붙어야 하는 대목이잖아."

"아, 그런가? 알았어, 다시 하자."

"제대로 좀 해. 엇, 야! 너 어딜 보고 걷는 거야?"

"아, 노을이 너무 아름다워서 그만……."

"진짜네. 정말 아름다운 노을이네요. 아아, 낭만적이야. 뭔소리야, 지금. 야! 그렇게 말하면 싸움이 안 되잖아. 함께 노을을 바라보다니, 우리가 무슨 연인 사이냐?"

"왜? 마사야 형은 그렇게 싸우고 싶어?"

"네가 하고 싶다고 했잖아! 제대로 좀 해라, 제발! 다시 한다. 야, 너 어디 보고 걷는 거야?"

"너야말로 어디 보고 걷는 거야?"

"뭐라고? 이게! 한판 붙어 볼까?"

"그래, 한번 해 보자. 하나코, 저만치 가 있어."

"배짱 하나는 좋은 녀석이군. 난 가라테 3단이야."

"그게 뭐 어쨌다고, 나는 서예가 4단이다."

"싸움하고 뭔 상관이야!"

"게다가 단란한 가족이다."

"뭐야, 이거?"

"그뿐인 줄 알아? 화목한 가족이다!"

"야, 시끄럽고, 간다!"

"잠깐, 여기 만 엔 있으니까 이걸로 합의 보자."

"돈으로 해결한다고? 강한 남자가 뭐 이래!"

"이게 진짜 어른이야."

"아니거든. 됐어, 관둘래!"

"방심하는 틈을 타서 한 방!"

"윽, 너 끝나기 직전에 비겁하게! 아아, 진짜 아프네. 너 요즘 가라테 연습했지? 에구구."

"마사야 형, 이걸로 우리는 내년에도 사이좋게 지낼 수 있을 거 같지 않아?"

"어째서?"

"지금 주먹으로 대화했잖아."

"됐거든. 감사합니다!"

공연은 성공적으로 끝났다(고 생각한다). 기분이 좋아진 나는 늘 그랬듯이 다카시네 집에서 어머니가 만들어 주신 음식을 먹으며 축하 파티를 했다.

"다카시, 다음은 봄 방학 때 '신인 개그맨 그랑프리'에 나가자. 이번에는 진짜 우승을 목표로."

나의 말에 다카시는 여느 때처럼 시큰둥하게 대답했다.

"시간 나면."

하지만 다카시도 오늘 공연이 성공적이어서 기분이 나빠 보이지는 않았다. 만일 결과가 좋지 않았다면 공연이 끝나고 바로 사정없이 지적을 해 댔을 테니까.

그리고 이 공연은 의외의 부산물을 만들어 냈다. 전에 다카시와 결투했던 키 큰 녀석이 몰래 보러 왔던 모양이었다. 그리고 마지막 개그를 보고 뭔가 느낀 점이 있었는지 겨울 방학이 끝나고 학교가 시작하는 날, 혼자 다카시에게 찾아와 사과했다고 한다. 나는 그 말을 듣고 안심이 되었다.

우리는 설날에 몇몇 방송 프로그램에서 함께 개그를 했다. 개학한 뒤 다카시는 초등학생으로 돌아가고 나는 재미없는(그럴 리는 없지만) 개그맨으로 돌아갔다. 다음은 다카시의 봄 방학에 맞춰 준비를 진행시킬 예정이었다.

나는 믿음직스러운 짝이 있어서 지금까지 경험한 적이 없을 정도로 만족스러운 나날을 보냈다. 다카시는 개그와 강한 주먹이라는 아이템을 손에 넣고 나서 더 성장한 것처럼 보였다. 하지만 사실 중요한 점은 그런 것이 아니다. 그 녀석에게 보이는 세계가 무언가 하나의 계기가 있을 때마다 크게 달라진다는 점이다. 그 순간순간을 옆에서 지켜볼 수 있다는 것은 최고로 기쁜 일이다. 그리고 나도 물론 질 수 없다. 다카시를 보면서 나도 나의 세계를 돌파하기 위한 무언가를 찾기에 아직 늦지 않았다는 생각이 들었다.

4. 올바른 감상문 쓰기

다카시

개학하고 나서 일주일쯤 지난 어느 월요일 담임 선생님인 사토야마 선생님이 나에게 방과 후 남으라는 말을 했다.

담임 선생님은 미인이고 상냥하기 때문에 인기가 있지만 틀에 박힌 말을 잘해서 나는 솔직히 별로 좋아하지 않는다. 하지만 그렇다고 해서 특별히 싫어하는 것도 아니다. 하지만 혼날 일을 한 적도 없어서 남을 이유가 생각나지 않았다. 어쨌든 선생님은 웃으면서 남으라고 말했기 때문에 혼나기보다는 뭔가 다른 일이 있을 것이라고 생각하면서 수업이 끝난 뒤 교실에서 혼자 기다렸다. 오늘은 리코와 함께 집에 가기로 했기 때문에 리코는 도서관에서 기다리기로 했다. 나는 선생님이 빨리 오기를 기다렸다. 그리고 잠시 뒤에 선생님이 조금 전과 같이 웃는 얼굴로 교실에 들어섰다.

"미안해, 갑자기."

"저, 제가 뭐 잘못한 거 있나요?"

선생님은 내가 앉아 있는 곳에서 두 자리 앞에 천천히 앉았다. 손에 뭔가 종이를 들고 있었다.

"아냐, 뭐 잘못한 게 있어서가 아니라 겨울 방학 숙제로 냈던 이거, 다시 써 올 수 있겠니?"

선생님이 펼친 종이는 내가 겨울 방학 숙제로 쓴 독서 감상문이었다. 과제 도서를 읽고 감상문을 쓰는 숙제였는데 나는 이런 숙제에 별 재능이 없었다. 그래서 엄마와 마사야 형에게 물어보았더니 모두 이렇게 대답했다.

"자기가 느낀 대로 쓰는 게 가장 좋아."

그래서 나는 내가 느낀 대로 썼다. 그러니까 자신 따위는 없었지만 그래도 다시 써 오라는 말을 들으리라고는 예상하지 못했기 때문에 조금 놀랐다. 그렇지만 선생님의 말씀이니 어쩔 방법이 없었다.

"알겠습니다, 다시 써 올게요."

나는 선생님에게서 내가 쓴 원고를 받으려고 했다. 그러나 선생님은 바로 주지 않았다.

"잠깐만, 왜 다시 써 오라고 하는지 묻지 않니?"

선생님은 왠지 계속 웃는 얼굴이었다. 나는 어찌할 바를 몰라 당황하며 대답했다.

"예? 너무 못써서 다시 써 오라고 하시는 거 아니세요? 죄송해요. 저 작문에 소질이 없어서…… 다시 써 올게요."

"사과할 것까지는 없어, 다만……."

나는 리코가 기다리고 있고 또 원래 자신이 없었던 감상문이라 빨리 가지고 가서 다시 쓰고 싶었다. 하지만 선생님은 변함없이 웃으면서 말씀하셨다.

"다카시는 「멍멍이와 함께 달리고 싶다」를 읽고 무엇을 느꼈니?"

나는 곤혹스러웠다. 느낀 점은 이미 원고지에 써서 냈는데 다시 써 오라고 하니 대답할 말이 없었다. 나는 아무 말도 못하고 고개를 숙이고 있었다.

"멋진 이야기에 감동받지 않았니? 선생님은 감동했는데."

과제 도서의 이야기는 몸이 약해서 달리지 못하는 초등학생이 키우던 멍멍이라는 강아지가 사고로 오른쪽 앞다리를 움직이지 못하게 되는 부분에서 시작된다. 달릴 수 없게 된 멍멍이는 다른 강아지에게 괴롭힘을 당한다. 그래서 주인공은 멍멍이를 위해 달리지 못하는 자신도 함께 열심히 달리기 연습을 한다. 얼마 뒤에 드디어 멍멍이가 달릴 수 있게 되어 다른 강아지들과 다시 사이가 좋아진다는 내용이었다.

"감동적인 이야기라고 생각해요."

그렇게 대답할 수밖에 없었다.

"그럼 왜 그런 식으로 감상문을 쓰지 않았는데?"

'사실은 감동적이라고 생각하지 않으니까.' 라고 말하면 안 된다는 것쯤 초등학생인 나도 알고 있다. 나는 지금은 표현할 수 없는 말을 마음속으로 몇 번이고 되뇌면서 고개를 숙이고 있었다. 이 말은 나중에 마사야 형에게 해 줘야겠다고 생각했다.

"죄송해요, 이번에는 잘 써 올게요."

어린아이는 고분고분하고 솔직해야 한다는 말을 늘 들어 왔기 때문에 나는 고분고분 사과를 했다. 하지만 '솔직하게' 감상문을 쓴 것이 이 일의 화근이다. 마사야 형이 '느낀 대로' 쓰라는 말을 하지 않았다면 나는 이런 귀찮은 일에 휘말리지 않았을 것이다. 역시 빨리 마사야 형을 만나서 말해야 속이 시원할 것 같았다. 이미 마음은 교실을 떠나 있는 나에게 선생님은 얼굴 가득 미소를 띠며 계속 말했다.

"다카시는 어른들 세계에 많이 끌려다녀서 힘들지 모르지만 좀 더 어린이답게 행동해도 괜찮아. 선생님은 걱정이야. 너에게는 좀 아이다운 면이 부족한 거 같아. 고민이나 걱정거리가 있으면 선생님에게 언제든지 말해도 돼."

선생님 입장에서는 학생을 생각하는 최고의 말로 이 자리를 근사하게 마무리한 셈이다. 하지만 나는 참는 데에 한계를 느꼈다. 마사야 형에게 어떻게든 화풀이라도 해야겠다고 생각했는데 선생님이 아는 척하며 말하는 바람에 나도 모르게 이런 말이 튀어나왔다.

"선생님, 아이다운 아이가 좋다면 인형을 상대로 수업하는 게 어떠세요? 어른스럽다거나 아이답다거나 하는 말로 아이들을 판단하는 쪽이 훨씬 아이 같다고 생각하는데요."

나는 더 이상 그 자리에 있을 수 없어서 교실을 뛰쳐나왔다. 복도에서 리코가 기다리고 있었다.

"너무 늦는 거 같아서 와 봤어."

나는 리코의 웃는 얼굴을 보고서야 담임 선생님의 웃음이 억지웃음이라는 것을 깨달았다.

"저기, 리코, 감상문 말인데."

"감상문?"

나와 리코는 나란히 걸었다. 겨울바람이 차가워서 리코는 손에 하얀 입김을 호호 불고 있었다.

"네가 썼어?"

"물론이지. 하지만 다 쓰고 나서 엄마가 고쳐 줬어."

리코는 부끄러워하며 대답했다.

"그래서 선생님한테 칭찬 많이 받았어."

"난 다시 써 오래."

"뭐? 너 또 이상한 말 썼구나?"

리코가 웃으면서 말하자 나는 왠지 마음이 편해져서 따라 웃었다.

"맞아, 썼어."

"그래, 그럼 이번에는 혼나지 않을 만한 내용을 써야겠네.

자연스럽게 쓰면 돼."

"마사야 형한테 도와 달라고 할까? 더 이상한 내용이 돼 버려서 선생님이 화내다가 기절할지도 몰라."

리코와 함께 집에 가는 시간은 늘 순식간에 지나간다. 벌써 갈림길에 도착했다.

"그건 그렇고 물어봤어? 개교기념일에 함께 놀이동산에 가자는 거."

리코는 전부터 마사야 형을 만나고 싶어 했고 가능하면 마사야 형의 여자 친구도 만나고 싶다고 했다. 네 명이 함께 놀이동산에 가면 재미있을 것 같다고 말했다.

"아직 말하지 않았어. 근데 리코, 정말로 마사야 형 만나 보고 싶어? 진짜 실망한다니까. 완전 기대 이하야."

"만나서 얘기해 보고 싶어. 마사야 형이란 사람에 대해 얘기할 때 다카시 네 표정이 가장 좋아 보여. 그 비밀을 알고 싶거든."

리코는 손을 흔들면서 돌아갔다. 마사야 형이라……

저녁 때 그 소문의 주인공 마사야 형이 개그 연습을 하러 집에 왔다. 늘 그렇듯 실실거리는 모습을 보자 나는 무의식중에 주먹을 한 방 날렸다.

"헉! 네 주먹 요즘 진짜로 아프단 말이야. 제발 좀 때리지 마."

"마사야 형이 말한 대로 감상문 썼더니 다시 써 오래. 어떡

할 거야?"

아프다고 말하면서 마사야 형은 별로 마음에 두는 기색도 없이 텔레비전 앞에 앉았다. 나는 속으로 생각했다. 대체 뭐 하러 온 거야?

"뭐, 감상문?"

"전에 내가 겨울 방학 숙제인데 어떻게 쓰면 좋을지 물어본 적 있잖아. 그랬더니 느낀 대로 쓰면 된다고 마사야 형이 말했었어."

"그런 말 했었나?"

내가 때리려는 것을 느꼈는지 마사야 형은 나의 양손을 꽉 붙잡았다. 우리는 뜨거운 악수를 하는 것 같은 이상한 자세가 되었다.

"아아, 맞아, 했어! 감상문이니까 생각한 대로 감상을 쓰면 된다고. 특별히 정답이 있는 게 아니니까 뭘 쓰든지 상관없다고 했지."

"근데 다시 써 오래."

"감상문을 다시 쓰는 경우도 있냐? 그런 말 하는 사람이 이상한 거니까 신경 쓸 필요 없어."

마사야 형의 말에 답답한 마음이 좀 풀렸지만 그래도 다시 써야 한다는 사실은 변하지 않았다.

"마사야 형, 내 말 좀 들어 봐. 수학이라면 틀린 걸 고치면 되지만 감상문을 어떻게 다시 써?"

"어디 한번 보게 다카시가 쓴 감상문 줘 봐."

나는 가방에서 꾸깃꾸깃해진 원고지를 꺼내 마사야 형에게 건넸다. 마사야 형은 잘난 척 "음음." 하고 고개를 끄덕이며 감상문을 읽었다.

마사야 형은 내게 원고지를 다시 돌려주며 말했다.

"이렇게 쓰면 되는 거 아냐?"

"그런데 그렇게 쓰면 안 된대."

"그래?"

마사야 형은 천천히 일어서서 내 방으로 가 빨간 펜을 가지고 왔다. 그리고 원고지에 동그라미를 아주 크게 그리고는 더 과장스럽게 백만 점이라고 써서 나에게 줬다.

"이것이 다카시의 감상이지? 이건 이것대로 백만 점이야, 잘 썼어."

"지금 놀리는 거야?"

마사야 형은 빙긋이 웃으며 말했다.

"아니, 이런 감상문 쓸 수 있는 녀석은 아마 너밖에 없을 걸. 그러니까 백만 점. 이건 넣어 둬. 그리고 선생님이 원하는 감상문이 이세 아니라면 에이코랑 함께 생각해 보자. 나랑 같이 하면 또다시 써야 할지도 모르니까."

담임 선생님과 이야기할 때는 교실에서 도망치고 싶어지는 불편함을 느꼈다. 그리고 전혀 도움이 되지 않는 덜떨어진 마사야 형이지만 함께 있으면 나도 모르게 웃게 되는 편안함이 있다. 두 사람 사이의 차이는 무엇일까? 비슷한 나이의 어른인데도 말이다.

"저기, 마사야 형, 내가 쓴 거 이상해?"

"아니, 전혀 이상하지 않아. 이거 강아지 얘기지? 다리가 아파서 뛰지 못해?"

나는 내가 쓴 감상문 원고를 아주 작게 접으면서 고개를 끄덕였다.

"네가 쓴 내용이 훨씬 재밌어. '포기하지 않고 열심히 노력하는 강아지의 모습에 감동해서 나도 포기하지 않고 열심히 노력해야겠다고 생각했습니다.' 가 정답이겠지만."

"아까는 감상문에 정답 따위 없다고 했잖아."

"그런 말 했었나?"

변함없이 덜떨어진 어른이다. 아니, 마사야 형은 어른이 아닐지도 모른다.

"아까 말했어. 그리고 '이야기 속 주인공처럼 착한 아이가 되고 싶다.' 라고 하면 되는 거지? 이 이야기는 그렇게 끝나도 상관없지만 나는 좀 다르게 생각해. 만약에 네 다리를 다 못 쓰게 된 강아지가 있다고 생각해 봐. 그런 강아지는 과연 열심히 달리기 연습을 하는 편이 좋을까, 아니면 포기하는 편이 좋을까? 달리거나 노력하는 게 좋은 거라고 결정해 놓고 이야기가 진행되는 건 이상하다고 생각하거든. 예를 들어 나는 상관없지만 영원히 걸을 수 없는 병에 걸린 아이가 이 책을 읽는다면 무슨 생각을 하겠어? '나도 열심히 노력해야지.'라고 생각할까? 노력해서 낫는 병은 병이 아니라고 생각하지 않을까? 그렇게 다 아는 척하지 말라고 생각하지 않을까? 그러니까 나는 다친 강아지의 마음도 몸이 약한 초등학생의 마음도 모르겠고, 그런 상황이 닥쳤을 때 노력하는 편이 좋은지 어떤지도 모르겠어."

사실 이 이야기를 읽었을 때 나는 리코를 머릿속에 떠올렸다. 리코의 귀는 고칠 수 없다고 했다. 리코가 이 이야기를 읽고 무엇을 느꼈을지 생각하자 기분이 상했다. 그래서 평소 때보다 더 비뚤어진 감상문을 썼는지도 모른다. 리코는 전혀 신경 쓰지 않는 것 같지만.

마사야 형은 웃으면서 나의 말을 듣고 있었다. 그리고 이야기가 끝나자 나의 머리를 가볍게 툭 치면서 말했다.

"연습하자."

나는 마음속에 있던 무거운 짐을 덜어 낸 기분이었다.

개교기념일에 에이코 누나가 운전하는 차를 타고 마사야 형이 왔다. 나는 마사야 형의 차림새를 보고, 그만 웃음을 터뜨렸다.

"형, 이게 뭐야, 오늘의 개그 주제는 도둑이야?"

마사야 형은 선글라스에 커다란 마스크까지 쓴 어설프게 변장한 모습이었다.

"이상하지? 나도 그렇게 말했어."

"오히려 더 눈에 띄잖아."

"그래?"

마사야 형은 투덜거리면서 변장 아이템을 벗더니 마스크를 나에게 건넸다.

"그럼 네가 마스크 써, 난 어차피 사람들이 알아보지 못할 테니까. 알아보면 널 알아보겠지. 너와 함께 있으면 나까지 더 눈에 띈다니까."

리코가 마사야 형을 만나고 싶어 한다고 말하자 형은 스케줄이 없었기 때문에 기쁘게 승낙해 주었다. 에이코 누나도 일부러 대학원 실험을 쉬고 자동차로 데리러 와 주었다. 마사야 형은 사람들이 우리를 알아볼까 봐 걱정했다. 요즘 들어 길거리에서 마사야 형을 알아보는 사람들이 늘어났다. 그런데 나까지 옆에 있으면 사람들이 단번에 알아보고 주위가 떠들썩해질지도 모른다는 말이었다.

"아, 누나, 이 근처예요. 아, 리코다."

집 앞에서 기다리고 있던 리코를 자동차에 태우고 우리는 놀이동산을 향해 출발했다. 늘 그랬듯이 마사야 형은 조수석에서 뒤를 돌아보며 조금 긴장된 목소리로 리코에게 말을 걸었다.

"일단 만나서 반가워요, 마사야라고 해요, 잘 부탁해요. 그냥 욘사마라고 불러."

"뭐, 만사마?"

"누가 만사마래!"

리코는 깔깔거리며 웃었다.

"진짜 재미있네요."

"내가 끼어들지 않았으면 하나도 재미없었을걸."

"시끄러! 오빠, 재미있지?"

마사야 형은 안전띠를 맨 채 뒤를 돌아보고 있어서 아주 답답해 보였지만 신경 쓰지 않고 즐거워했다.

"그럼요, 텔레비전에서 볼 때보다 훨씬 재미있어요."

리코의 대답을 듣고 이번에는 에이코가 웃기 시작했다.

"거 봐, 마사야. 텔레비전에 나올 때도 좀 잘하라고."

"텔레비전에 제가 나가지 않으니까요."

삐친 마사야 형은 무시하고 에이코 누나가 계속 말했다.

"장래가 촉망되는 인재들을 태우고 있어서 운전에 집중해야 하니까 나는 나중에 다시 인사할게."

에이코 누나는 백미러를 보고 고개를 까딱하며 뒷자리의 리코에게 인사했다. 그 모습은 정말 멋있었다. 오늘은 여느 때보다 더 편한 청바지 차림이지만 아주 잘 어울렸다. 어떤 옷을 입어도 촌스러운 마사야 형과는 달라도 너무 달랐다.

여행이란 아마 목적지로 향하고 있을 때가 가장 즐거울지도 모른다.

자동차 안에서 우리는 목적지에 도착하는 것이 아쉬울 정도로 많은 이야기를 나눴다. 요전의 감상문에 대한 이야기도 했다.

"다카시, 감상문 써 놨으니까 나중에 줄게."

"뭐? 다카시, 정말 언니한테 써 달라고 한 거야? 약았어."

"할 수 없잖아, 어떻게 써야 할지 모르겠는걸. 생각한 대로 썼더니 다시 써 오라고 하니까."

자동차의 앞 유리 너머로 대관람차가 보였다. 놀이동산에 다가갈수록 크게 보이는 대관람차는 한여름 밤하늘에 펼쳐지는 불꽃놀이를 생각나게 했다. 대관람차를 보니 가슴이 두근거리면서도 드라이브를 끝내야 하는 아쉬움이 한꺼번에 밀려왔다.

"괜찮아, 다카시는 마사야와 달리 평소에 공부 잘하잖아. 애당초 감상문에 점수를 매기거나 우열을 가린다는 게 이상한 거야."

그러자 마사야 형이 말했다.

"어쨌든 다카시가 좀 더 귀엽게 굴면 좋을 텐데. 늘 밉상이잖아, 이 녀석."

리코는 내가 있는 쪽을 보고 고개를 갸웃거리며 웃었다.

"나도 나름대로 노력은 하지만."

지난번 담임 선생님에게서 비슷한 말을 들었을 때는 기분이 나빴다. 하지만 이렇게 웃으면서 이야기할 수 있는 사람들과 함께 있으면 전혀 아무렇지 않다는 것을 깨달았다. 자동차는 커다란 주차장에서 멈췄다.

"자, 도착했어. 변장해야지."

평일이었기 때문에 놀이동산이 텅 비어 있었다. 덕분에 거의 줄을 서지 않고 놀이기구를 탈 수 있을 것 같았다. 특수학교에서 소풍을 왔는지 휠체어를 탄 아이들과 뒤에서 밀고 가는 어른들이 멀리 보였다. 그 밖에는 커플이 띄엄띄엄 보이는 정도였다.

"저기, 마사야 형, 이거 쓸 필요 있을까?"

마스크를 잡아당기면서 내가 말하자 마사야 형은 일부러 소곤거리는 목소리로 대답했다.

"바보, 쓰고 있어. 우리는 스타라고. 사람들이 알아보면 어떡해."

우리가 평소대로 쓸데없는 말을 주고받는 동안 리코와 에이코 누나는 즐겁게 웃으면서 이야기를 나누고 있었다. 나도 마사야 형 따위 상대할 시간이 있으면 저들 사이에 끼고 싶었다. 두 사람은 오늘 처음 만났는데도 마치 사이좋은 자매처럼 무척이나 자연스러웠다. 설마 나와 마사야 형도 형제처럼 보이는 건 아니겠지? 그건 절대로 싫다.

우리 네 명은 놀이동산 여기저기를 한가롭게 걸어 다녔다. 나는 유원지에 오는 것이나 집에서 게임을 하는 것이나 별반 다를 것이 없다고 생각했다. 하지만 막상 와 보니 역시 놀이동산만의 독특한 분위기에 조금 흥분되었다. 그리고 무엇보다 리코가 즐거워하는 모습을 볼 수 있어서 기뻤다. 또 이러 쿵저러쿵 해도 마사야 형과 에이코 누나가 함께 와서 더 잘됐다고 생각한다.

우리는 빙글빙글 도는 컵 모양 놀이기구도 타고 오락실에서 게임도 하고 범퍼카를 타고 경쟁하기도 하면서 다른 사람들처럼 재미있게 놀았다.

"이번엔 저거 타고 싶어."

리코가 롤러코스터를 손가락으로 가리키며 말했다. 왜 여자애들은 저런 놀이기구를 좋아할까? 나는 높은 곳을 별로 좋아하지 않기 때문에 타고 싶은 생각이 들지 않았다.

"타자."

신 나서 달려간 사람은 높은 곳을 좋아하는 바보 마사야 형이었다. 혼자 달려가 봤자 모두 걸어가니까 결국 롤러코스터 앞에서 기다려야 하는데 굳이 달려가는 이유를 모르겠다.

에이코 누나가 먼저 이렇게 말했다.

"난 안 탈래, 높은 곳은 질색이거든."

나는 속으로 안도의 한숨을 쉬었다. 그리고 이 틈을 놓치지 않고 얼른 말했다.

"나도 여기서 기다릴게."

마사야 형은 신이 나서 리코의 손을 잡아끌고 입구 쪽으로 갔다. 휴일이었다면 아마 오랫동안 기다려야 했을 테지만 오늘은 금방 차례가 왔다. 밑에서 올려다보니 맨 앞에 타고 있는 마사야 형과 리코의 얼굴이 보였다. 가장 높은 곳까지 천천히 올라간 롤러코스터는 순식간에 굉장한 속도로 내려가기 시작했다. 사람들이 비명을 질렀다. 생기 넘치는 두 사람의 얼굴이 맹렬한 속도로 휙 지나갔다.

"재미있나 봐요."

"그러게. 하지만 저런 건 사람이 탈 게 못 돼."

에이코 누나는 어깨를 움츠리며 웃었다. 마사야 형과 리코는 정말 재미있었는지 일단 돌아왔다가 다시 타러 갔다.

"한 번 더 타고 올게."

이렇게 마음대로 놀이기구를 탈 수 있는 기회를 놓치는 것은 분명 아까운 일이다. 나는 첫 번째와 마찬가지로 에이코 누나와 이야기하면서 기다렸다. 그때 뒤에서 휠체어를 탄 어떤 남자아이가 다가왔다. 나와 비슷한 나이로 보였다. 좀 전에 먼발치에서 보았던 휠체어를 탄 아이들 중 한 명이라는 것을 바로 알 수 있었다. 피부가 무척 하얗고 팔과 다리가 뼈만 남아 있는 것처럼 보일 정도로 가느다란 아이였다. 아이는 우리 뒤에서 롤러코스터를 올려다보고 있었다.

"안녕?"

에이코 누나가 아이에게 말을 걸었다.

"안녕하세요."

아이는 기어 들어가는 작은 목소리로 말했다.

"어디서 왔니?"

남자아이는 이 근처에 있는 병원 이름을 말했다. 그리고 병원에 오래 입원하고 있는 아이들을 위해 자원봉사자들이 놀이동산에 데려다 주었다고 대답했다.

"타고 싶어?"

에이코 누나가 상냥하게 묻자 아이는 고개를 끄덕였다.

"하지만 탈 수 없다는 걸 알아요."

나는 그 아이에게 어떻게 말을 걸어야 할지 몰랐다. 뭔가 말을 걸고 싶었다. 하지만 내 말이 그 아이에게 어떻게 들릴지 전혀 예상할 수 없었다. 나는 그것이 두려워서 아무 말도 걸지 못하고 있었다.

"나도 못 타, 높은 곳이 무서워서."

긴장해서 굳어 있던 아이의 얼굴이 에이코 누나의 상냥한 목소리에 조금씩 풀어지고 있었다.

"타지 못해도 놀이동산은 즐거운 곳이야. 우리가 탈 수 있는 놀이기구도 꽤 있어."

우리는 어느새 셋이 나란히 서서 롤러코스터를 올려다보고 있었다. 이유가 어떻든 롤러코스터를 타지 못하는 세 사람.

좀 전과 똑같이, 아니 오히려 더 흥분한 상태로 마사야 형과 리코가 돌아왔다.

"역시 맨 뒤에 타는 것보다 가장 앞에 타는 게 더 무서워!"

휠체어를 탄 아이가 조금 상기된 마사야 형과 리코를 손으로 가리켰다.

"어? 텔레비전에 나오는 사람이다."

마사야 형은 롤러코스터에서 내려온 뒤에 선글라스 끼는 것을 잊고 있었다.

"아, 반가워, 꼬마 친구."

마사야 형은 그 아이의 머리를 쓰다듬었다.

"재밌는 거 보여 줄게. 이건 절대로 비밀이야."

형은 말을 끝내자마자 곧바로 나의 마스크를 벗겼다.

"앗!"

나는 뭐라고 말해야 할지 몰라서 머뭇거리고 있었다.

"우리 응원해 줘."

마사야 형은 나와 팔짱을 끼면서 말했다. 그리고 그 아이의 손과 나의 손을 잡게 했다. 아이의 손은 아주 따뜻했다. 나는 겨우 휠체어를 탄 아이와 이야기할 수 있게 되었다.

나는 그 아이에게 우리를 알아봐 줘서 고맙다고 말했다. 그리고 오늘은 학교 개교기념일이라서 놀러 왔다는 말도 했다. 그 아이는 근육이 쇠약해지는 병에 걸려서 결국 걷지 못하게 되어 휠체어를 타고 다녀야 하며 지금은 입원 중이라고 말했다. 학교는 휠체어를 타고 다니지만 학교에 가는 시간 외에는 개그 프로그램을 보면서 지내고 개그를 좋아한다고 했다. 그래서 우리를 잘 알고 있었다. 휠체어를 탄 남자아이와 나는 같은 나이였다.

우리 다섯 명이 이야기하고 있는 곳에 어떤 누나가 다가왔다. 그 아이가 없어져서 찾으러 온 자원봉사자였다. 우리는 또 만나자는 말을 한 뒤 헤어졌다.

정신없이 놀다가 시계를 보니 벌써 세 시가 다 되어 가고 있었다.

"마사야 형, 배고프다. 뭐 좀 사 와."

내가 말했다.

"그래, 핫도그든 뭐든 네 개만 사 와."

에이코 누나도 말했다.

"왜 항상 나만 심부름 시켜?"

마사야 형은 투덜대면서도 매점 쪽으로 걸어갔다. 우리는 파라솔이 있는 테이블 주변에 앉아서 마사야 형을 기다렸다.

"저기, 언니, 하나만 물어봐도 돼요?"

리코는 눈을 반짝이면서 에이코 누나에게 물었다

"물어봐."

"언니가 마사야 오빠와 사귀기 시작한 건 마사야 오빠가 인기를 얻기 전이죠?"

"그렇지, 지금도 그렇게 인기 있는 건 아니지만."

내가 앉은 곳에서는 멀리서 마사야 형이 물건을 사고 있는 모습이 보였다. 설마 마사야 형은 우리가 심부름을 시켜 놓고 자기 이야기를 하고 있다고는 생각하지 못할 것이다.

"마사야 오빠의 어디가 좋아서 사귀게 됐어요? 아, 뭐 특별히 어울리지 않아서가 아니라 단지 언니처럼 멋진 여자는 남자의 어떤 면을 보나 해서."

"뭐라고 할까, 형한테 누나는 좀 아깝다는 생각이 들어요. 저야 어쨌든 마사야 형의 짝이니까 행복한 편이 좋지만."

에이코 누나는 갑자기 초등학생 두 명에게 남자 친구에 관한 질문을 받고 놀란 모양이었다. 하지만 잠시 뒤 소리를 내 웃으면서 대답했다.

"뭐야? 너희들 그런 생각을 했어? 하하하."

"다들 그렇게 생각하지 않을까요?"

마사야 형은 핫도그뿐 아니라 음료수도 네 사람 몫을 사는 것 같았다. 혼자 들기 힘들 정도로 큰 봉지를 들고 오는 선글라스를 낀 수상한 남자.

"글쎄……."

에이코 누나는 팔짱을 끼고 골똘히 생각하더니 이렇게 대답했다.

"리코는 이해할지 모르지만 여자는 간단하게 알 수 있는 걸 원하잖아? 키가 크다든지 잘생겼다든지 머리가 좋다든지."

리코는 고개를 끄덕였지만 나는 왠지 모르게 마음이 편치 않았다.

"그런 조건을 따지다 보면 자신이 정말 좋아하는 게 뭔지 혼란스러울 때가 있어. 예를 들어 키 큰 사람을 좋아한다면 그 사람을 좋아하는 건지 큰 키가 좋은 건지 헷갈려. 좀 어렵나?"

"아뇨, 알 거 같아요."

에이코 누나는 조금 고개를 갸웃거리다가 부끄러워하면서 말을 이었다. 리코는 테이블 위에 팔꿈치를 괴고 열심히 이야기를 들었다. 나는 이야기의 주인공을 힐끗거리면서 들었다.

"나도 잘 모르겠어. 아마 마사야의 장점은 말로 표현할 수 없을 거야. 그냥 마사야가 좋다는 말밖에. 하지만 어쨌든 좋아하니까 왜 좋아하는지 모르는 쪽이 훨씬 편해."

솔직히 나에게는 너무 어려웠지만 리코에게는 아주 흥미로운 이야기였던 모양이다. 정말 당연하다는 표정으로 세 번이나 고개를 끄덕였다. 별로 장점이라고는 없는 남자가 금방이라도 주스를 쏟을 듯이 들고 오는 모습이 보였다. 에이코 누나는 그 모습을 보고 웃으며 말했다.

"희한한 사람이야. 상식에서 벗어났다고나 할까? 하지만 꼼꼼해. 이상하지?"

"언니 마지막으로 하나 더 물어봐도 돼요?"

"응."

"만일 마사야 오빠와 오랫동안 만나지 못한다면 그래도 계속 사귈 수 있어요?"

에이코 누나는 망설이지 않고 힘차게 고개를 끄덕였다. 그 모습을 보고 리코는 왠지 아주 기쁜 듯 웃었다. 리코의 웃는 모습이 인상적이었다.

늦은 점심을 먹고 나니 벌써 저녁이었다. 해가 기울기 시작했고 커다란 놀이기구의 그림자가 길게 우리들 발밑에 드리워져 있었다. 오렌지색으로 물든 놀이동산은 낮 동안의 반짝반짝 빛나는 밝은 분위기를 띠면서도 어딘가 좀 쓸쓸하게 느껴졌다.

문득 오른손이 따뜻해지는 느낌이 들었다. 나는 가끔 누군가와 손을 잡고 강둑을 걸었던 기억이 아련하게 떠오를 때가 있다. 아니, 어쩌면 그런 일은 실제로는 없었는지 모른다. 하지만 해 질 녘의 아름다운 노을을 볼 때마다 내 안에서 되살아나는 풍경이 있다. 나의 손을 잡고 걷는 사람은 어쩌면 엄마가 아닐지도 모른다. 어쨌든 나는 이런 분위기가 싫지 않다. 오늘 이 공기, 여기에 있는 사람들, 이 순간 모두.

우리는 모처럼 놀이동산에 왔으니까 마지막으로 대관람차를 타기로 했다. 나는 리코와 둘이서 대관람차에 올라탔다. 나와 리코는 나란히 앉았다.

"높은 곳을 다 싫어하는 건 아닌가 보네?"

"이렇게 주위가 둘러싸여 있으면 괜찮아."

마사야 형과 에이코 누나는 타지 않았다. 에이코 누나가 타지 않겠다고 했을까? 두 사람은 여느 때처럼 나란히 서 있었다. 조금씩 두 사람이 작게 보였다.

"재밌었어."

리코의 웃는 얼굴이 노을에 물들어 더욱 눈부시게 빛났다.

나는 크게 고개를 끄덕였다.

"또 오자."

축제의 마지막을 알리듯 대관람차는 아래로 천천히 내려갔다. 나는 오른손으로 리코의 손을 잡고 대관람차에서 내렸다.

돌아오는 차 안에서 마사야 형과 리코는 잠들어 버렸다.

"두 사람 잠들었네요."

"두 사람이 가장 신 났었잖아. 특히 마사야."

마사야 형은 입을 크게 벌리고 깊이 잠들어 있었다. 여자친구에게 운전시키고 조수석에서 잠들어 버리다니 형편없는 남자다. 나는 이마에 꿀밤이라도 줄까 하다가 깨면 더 시끄러울 뿐이라는 생각에 그만두었다.

"오늘 정말 재미있었어요. 감사합니다."

"나야말로 재밌었어. 고마워, 놀이동산 온 게 얼마만인지 몰라. 이렇게 다 함께 오니까 좋다. 리코도 굉장히 좋은 아이고."

리코는 새근새근 숨소리를 내며 자고 있었다. 에이코 누나는 백미러로 그 모습을 확인하고는 소리 죽여 웃었다.

"정말 좋은 아이야, 잘해 줘."

"예, 어떻게 하는 게 잘해 주는 건지는 잘 모르지만."

"하긴 그래, 그 나이에 그걸 안다면 무섭지. 이를테면 사이좋게 지내라는 뜻이야."

주위는 완전히 어두워졌고 가끔씩 맞은편에서 오는 차의

불빛이 차 안을 강하게 비췄다.

"그건 그렇고 뭐 하나 물어봐도 돼?"

"예."

"오늘 휠체어 탄 남자아이와 얘기했잖아?"

"예."

롤러코스터 앞에서 만났던 아이, 나에게도 강한 인상으로 남아 있었기 때문에 금방 생각이 났다.

"그때 다카시, 처음에는 그 아이와 얘기하려고 하지 않는 것처럼 보였거든. 일단 개그를 하니 말하는 건 프로여야 할 텐데, 무슨 생각을 했어?"

무슨 생각을 했었는지 나도 잘 모르겠다. 하지만 나는 솔직하게 말했다.

"감상문에 대한 생각이요."

에이코 누나는 다시 백미러 너머로 나에게 시선을 보냈다. 우리는 순간 눈이 마주쳤다.

"뭐라고 말을 걸어야 할지 몰랐어요. 말하자면 왜 휠체어를 타고 있는지 물어보면 병이 원인이라는 건 알 수 있겠죠. 그럼 위로를 할 수는 있지만 아마 그 아이의 진짜 기분을 알 수는 없을 거예요. 그리고 그 아이 입장에서 보면 비슷한 나이의 저한테 그런 질문을 받는 게 싫을지도 모르잖아요. 그 아이가 롤러코스터를 타고 싶어 하는 건 옆에서 보면 알 수 있지만 그것도 어쩔 수 없는 일이고. 저는 타고 싶으면 탈 수 있잖아요. 그 점을 그 아이가 어떻게 느낄지 생각하니까 무슨 말을 해야 할지 모르겠더라고요."

창밖으로는 어둠에 싸인 경치만이 흘러가고 차 안은 조용했다. 에이코 누나는 평소 때보다 훨씬 상냥한 목소리로 말하기 시작했다.

"그렇구나. 다카시는 정말 착한 아이야."

빨간색 신호에 걸려 자동차가 멈췄다. 에이코 누나는 뒤를 돌아보더니 나의 오른손을 힘주어 잡고 왼손으로 머리를 두 번 쓰다듬었다. 그러고 나서 다시 앞을 보았다.

"하지만 착한 것만으로는 안 돼. 누구든 미움 받는 건 싫어해. 그렇지만 미움 받는 게 겁나서 그만둔다면 얼마나 아쉽겠어? 어쩌면 시도해서 상처 받을지도 몰라. 그래도 다카시 곁엔 상처 받고 힘들 때 이야기를 들어 줄 사람이 있어."

에이코 누나가 마사야 형의 팔을 세게 쳤지만 마사야 형은 알아들을 수 없는 말을 웅얼거릴 뿐 깨어날 낌새조차 보이지 않았다.

"정말 도움이 안 되는 사람이네요."

"정말이야."

나와 에이코 누나는 소리 죽여 웃었다. 소리를 죽였다고 생각했는데 리코가 우리의 웃음소리에 눈을 떴다. 그리고 우리 셋은 다음번에는 어디로 놀러 갈지에 대해 한창 떠들었다.

밤이다. 피곤한데 머리가 맑아져서 좀처럼 잠이 오지 않았다. 나는 침대 위에서 오늘 있었던 일들을 아침부터 순서대로 돌이켜보았다. 오늘 있었던 모든 일들에 특별한 의미가 있는 것 같은 이상한 하루였다. 그리고 즐거운 하루였다.

붉게·물든 저녁노을을 보면 생각나는 추억이 어쩌면 한 가지 늘었는지도 모른다. 대관람차에서 내릴 때 잡았던 리코의 따뜻한 손, 에이코 누나가 힘주어 잡아 준 뜨거운 손, 휠체어를 탄 아이의 작은 손, 그 손을 마주 잡게 한 마사야 형의 손. 나는 오른손의 감촉을 확인하듯이 허공을 움켜쥐면서 다시 눈을 감았다.

5. 거짓말은 성장의 시작

마사야

최근 일주일간 아무래도 다카시의 상태가 이상하다. 너무 밝다. 지금까지는 집에 있을 때면 지루하게 게임을 하거나 누워서 텔레비전을 보면서 과자를 먹기 일쑤였다. 다시 말해서 게으른 생활을 좋아하는 다카시 님이었다. 그런데 요즘은 그런 생활을 거의 하지 않았다. 원래 다카시는 공부를 잘했지만 숙제를 알아서 하기도 하고 예습까지 했다. 또 개그 연습을 하자고 먼저 말하기도 하고 가라테 연습도 스스로 알아서 하는 활동적인 아이가 되었다. 그리고 무엇보다 잘 웃었다. 이런 변화는 아주 바람직하기 때문에 내가 보통 어른이었다면 "다카시도 다 컸네."라고 말하면서 흐뭇해했을 것이다.

하지만 이번엔 내가 비뚤어졌는지 뭔가 이상하다는 생각

이 들었다. 다카시가 적극적인 어린이가 되다니. 있을 수 없는 일이다.

이럴 때는 단도직입적으로 묻는 방법이 가장 빠르다. 상대가 여자아이라면 말을 돌려서 하는 편이 나을지도 모르지만 나와 다카시 사이에 그런 방법은 필요 없다.

나는 개그 연습 도중에 다카시에게 말을 꺼냈다.

"다카시, 무슨 일 있냐?"

"왜 그래, 갑자기?"

"요즘 너 좀 이상해, 연습도 너무 열심히 하고."

"그건 또 무슨 말이야? 열심히 하면 좋은 거잖아."

"아니, 이상해. 넌 공연 전에도 진지하게 연습하지 않는 녀석인데 말이야. 무슨 일 있는 거 아냐?"

내가 다카시 얼굴을 들여다보아도 다카시는 눈을 돌리지 않고 나를 보며 강한 말투로 대답했다.

"아무 일도 없어."

그렇게까지 확실하게 부정하니 나 역시 나의 직감이 빗나갔다고 생각할 수밖에 없었다. 중단했던 부분부터 다시 연습을 시작했다. 그런데 이번에는 다카시가 도중에 갑자기 연습을 멈췄다.

"마사야 형, 중요한 얘기는 아니지만."

"뭔데?"

"어떻게 되든 상관없는 얘기지만."

"그러니까 뭐냐고?"

다카시는 원래의 밉살스럽고 뻔뻔스러운 모습을 감추고 오히려 어색하기 짝이 없는 밝은 목소리로 이야기했다.

"리코가 봄에 이사 간대."

"리코? 아, 지난번에 그 애?"

"응."

나의 머릿속에 리코의 얼굴이 떠올랐다. 공원에서의 결투 장면, 그때 숨어서 걱정스러운 얼굴로 지켜보고 있던 아이, 놀이동산에서 다카시와 사이좋게 이야기하던 아이.

"그래? 그렇구나, 어떻게 되든 상관없는 얘기가 아니네."

당황하는 나에게 다카시는 목소리의 톤을 한 단계 높여 밝게 대답했다.

"아버지 일 때문이니까 어쩔 수 없어. 우리가 이러쿵저러쿵 할 얘기가 아냐."

비유해서 말한다면 빈 캔이 굴러가는 메마른 울림이라고나 할까? 다카시의 목소리는 아직 변성기가 지나지 않은 남자아이 특유의 높은 목소리와는 정반대로 아주 공허하게 들렸다.

"어쨌든 달라진 건 그것뿐이야."

다카시는 그렇게 말하고 더 이상 리코에 관한 말을 꺼내지 않았다. 우리는 연습을 계속할 마음이 생기지 않아 그날은 그대로 연습을 끝냈다. 태연한 척하는 다카시의 뒷모습을 보고 있자니 녀석의 서글픈 목소리가 귓가에 맴도는 듯했다.

나는 어떤 이야기든 흥분하지 않고 들을 수 있는 예의 바른 사람이지만 다카시의 여자 친구 이야기는 태연하게 들을 수가 없다. 이런 생각을 하면 내가 마치 다카시의 진짜 가족이 된 것 같다. 아무튼 한 발을 어른 세계에 다른 한 발을 어린이 세계에 걸치고 있는 다카시와 여자 친구에 대한 이야기를 어떻게 해야 할지 난감했다. 그래서 나는 리코에 대한 화제를 피했다.

그동안에도 다카시의 우등생인 척하는 묘한 태도는 계속되었다. 다카시 어머니도 역시 다카시의 변화를 알아차렸다. 하지만 좋은 변화이기 때문에 고개를 갸웃거리면서도 집에서는 예전과 변함없이 지냈다.

그날도 나는 늘 그렇듯 누구나 할 수 있는 대사도 없는 일을 마치고 에이코와 불고기덮밥을 먹었다. 식당에는 우리를 포함해서 손님이 다섯 명 있었다. 늦은 시간이었기 때문에 빈자리가 많았다.

"다카시도 힘들겠지. 별로 얘기하고 싶어 하지 않는 것 같아서 물어보지 않있는데 괜찮겠지?"

에이코는 나와 같은 곱빼기를 먹다가 잠시 수저를 놓고 짧게 대답했다.

"아닐걸."

"그래?"

나는 별로 남아 있지 않은 나의 덮밥을 보면서 팔짱을 끼었다. 에이코는 아직 많이 남아 있는 덮밥 위에 아쉬운 듯 수저를 올려놓고 나를 보며 말했다.

"다카시는 원래 얘기하기 싫으면 하지 않는 애야. 아마 정말 말하기 싫었으면 마사야에게도 비밀로 했을걸. 일단 마사야한테 얘기를 했으니까 마사야가 물어보는 게 좋을 거 같아."

"그래?"

"그럼."

손님 두 명이 돌아가고 우리와 다른 한 명만 남았다. 아르바이트를 하는 남자가 식당 안쪽에서 귀찮은 듯 우리 쪽을 보고 있었다.

"물어볼 수 있는 건 너뿐이야. 얘기 들어 줘. 다카시는 너라면 허물없이 때릴 수 있잖아. 난 그게 좀 부러웠어."

에이코는 다시 수저를 들고 남은 덮밥을 먹기 시작했다. 나도 서둘러서 남은 덮밥을 먹었다.

다음 날 나는 다카시네 집에서 언제나처럼 개그 연습을 조금 하고 나서 게임을 하자고 했다. 최근 '착한 아이'가 된 다카시는 요즘 게임을 거의 하지 않기 때문에 대전 상대를 부탁하는 일이 없었다. 하지만 나의 입장에서 보면 무언가를 하면서 이야기를 꺼내는 편이 쉬웠다. 정색하며 묻는 것도 좀 그렇고.

우리는 너무 많이 해서 싫증이 난 격투기 게임을 선택했다. 이 게임은 익숙하기 때문에 집중하지 않고 다른 생각을 해도 지장이 없다. 말하자면 눈 감고도 할 수 있는 게임이다, 아무런 쓸모가 없긴 하지만.

"저, 다카시."

"왜?"

우리의 시선은 텔레비전 화면을 향하고 손가락만 연신 움직이고 있다. 하지만 나는 게임에는 흥미가 없었다. 나는 되도록 아무렇지 않게 평소와 다름없이 말을 걸었다.

"리코와는 요즘 어때?"

그러자 다카시는 나보다 더 태연하게 상상을 훨씬 초월한 대답을 했다.

"헤어졌어."

"뭐?"

나는 마치 만화에서처럼 게임기를 바닥에 떨어뜨리고 다카시를 바라보았다. 이것으로 '게임을 위장해서 아무렇지 않은 듯 다카시의 연애 사정을 탐색하는 대작전'은 간단히 막을 내렸다.

"야, 다카시, 헤어졌다는 게 무슨 말이야?"

내가 게임기를 놓았기 때문에 다카시가 혼자 게임을 해 봤자 소용이 없었다. 다카시도 귀찮은 듯 게임기를 놓고 일어서더니 소파 위에 누웠다.

"그냥 말 그대로야. 우린 초등학교 3학년이니까 사귄다든지 헤어진다든지 그런 게 있을 리가 없잖아. 그냥 친구지."

다카시 얼굴이 우등생 가면을 벗고 원래의 건방지고 무표정한 얼굴로 돌아왔다는 생각이 들었다. 정론을 펴는 다카시는 '뭐가 잘못됐어?'라고 말하듯 태연한 얼굴이었다. 나는 그런 다카시의 표정을 보고 조금 안심했다.

"응, 뭐 그렇지. 하지만 다카시는 리코를 좋아하잖아."

"하지만 어쩔 수 없잖아, 리코가 전학 가고 나면."

"전학 간다고 해서 외국으로 가지는 않을 거 아냐, 어디로 가는데?"

"후쿠오카."

나는 꼬고 있던 다리를 쭉 뻗고 뒤로 드러누웠다.

"그럼 그렇게 멀지도 않네. 금방 갈 수 있는 거리야. 비행기로 한 시간 반 정도?"

"마사야 형, 가 본 적 있어?"

"아니."

"흥."

다카시는 양손을 머리 뒤로 해서 깍지를 끼었다. 나도 다카시와 같은 자세로 깍지를 끼었다. 나와 다카시는 사이좋게 나란히 천장을 보고 누워 있었다.

"너무 멀어, 적어도 초등학생에게는 먼 거리야. 만나지 못할 거야."

다카시의 목소리는 이야기 내용과는 정반대로 밝았다. 나는 처음엔 다카시가 자신의 감정을 숨기기 위해 일부러 밝은 목소리를 낸다고 생각했다. 하지만 실은 나에게 감정을 숨기기 위해서라기보다 자기 스스로의 감정을 느끼지 않기 위한 무의식적인 행동일지도 모른다.

"만나지 못하면 끝이야?"

"끝은 아니지만."

여기까지는 막힘없이 말을 이어가던 다카시가 잠시 말을 멈췄다. 그리고 순간 시선을 어디에 두어야 할지 두리번거렸다. 무언가를 찾거나 생각하듯 다카시의 눈은 허공을 헤매고 있었다. 그러다가 다시 말을 이었다.

그 말은 다카시가 나에게, 아니 어느 누구에게도 한 적이 없는 말이었다.

"어른들도 늘 함께하자고 약속하지만 헤어지는 경우가 있잖아. 우리처럼 어린애들에겐 더 어려워."

다카시는 자신의 부모님에 대해 말하고 있는 것이 분명했다. 나는 할 말이 생각나지 않아 천천히 일어났다. 다카시의 얼굴을 바라보았지만 침착해 보였다. 울지도 웃지도 않았다. 나와 눈이 마주치자 다카시도 일어났다.

"나는 거짓말쟁이가 되고 싶지 않아. 거짓말은 나쁜 거잖아. 어린이는 거짓말을 하면 안 돼."

다카시는 부엌으로 가서 냉장고에 있는 사과 주스를 꺼내

단숨에 마셔 버렸다.

집으로 돌아온 나는 이불 위에 앉아 다카시의 말을 되새겨 보았다. 지금껏 다카시가 어머니와 둘이 사는 것이 너무 자연스러워 보였기 때문에 부끄럽게도 다카시의 아버지에 대해 의식한 적이 없었다. 다카시는 그런 녀석이니까 그저 무덤덤하게 받아들이고 있다고 생각했다. 어쩌면 지금까지는 실제로 그랬을지도 모른다. 그런데 좋아하는 여자아이가 생겼다. 그래서 뭔가 느꼈던 것일까? 나는 혼자 중얼거렸다.

"다카시, 사람을 좋아한다는 게 괴롭니?"

내일은 아침부터 텔레비전 녹화가 있다. 개그맨들이 모여서 운동회 같은 것을 하는 기획물이다. 나에게는 큰 일거리다.

"빨리 자야지."

혼잣말이 버릇이 되어 버렸다. 지저분한 아파트에 나의 목소리가 메아리쳤다. 나는 몇 번이고 뒤척이다가 잠이 들었다.

다음 날 녹화가 끝나고 돌아가려고 할 때 복도에서 간타로 선배가 나를 불렀다. 간타로 선배는 오늘 녹화에서 사회를 맡은 개그계의 대선배이다. 보통 나와 같은 신인이 말을 걸수 있는 상대가 아니다. 내가 긴장된 목소리로 대답하자 선배는 분장실로 오라고 했다. 물론 나는 순순히 선배의 뒤를 따라갔다.

"수고했다. 자, 앉아라."

"예, 그럼."

아마추어 시절부터 계속 텔레비전을 통해 보아 왔던 사람이 눈앞에 있었다. 같은 일을 하면서 같은 공간에 있다는 것이 신기했다. 하지만 눈앞에 있는 간타로 선배는 카메라 앞에 있을 때와는 달리 웃지 않았다. 그는 트레이드마크인 빨간 안경을 벗어 테이블 위에 놓았다. 그리고 미간을 찌푸리며 담배를 피웠다. 그 모습은 신인이라면 누구나 도망가고 싶어질 정도로 긴장감을 느끼게 했다. 나는 양손을 무릎 위에 놓고 그의 말을 기다릴 수밖에 없었다.

담배를 한 대 다 피우고 난 뒤, 대선배는 천천히 입을 열었다.

"너 그렇게 하면 안 돼."

"예?"

"멀리뛰기 말이야."

선배의 말을 듣고 나는 짚이는 바가 있었다. 오늘 촬영 중에 내가 극적인 장면을 보여 줬어야 하는 부분이 있었다. 그런데 결과적으로 아무것도 보여 주지 못했다.

"죄송합니다, 기회를 만들어 주셨는데."

"일긴 아냐?"

운동회 종목 중 멀리뛰기가 있었다. 내가 젊기 때문에 가장 잘할 것이라고 생각했는지 마지막에 배정되었다. 내가 4미터를 뛰면 우리 팀이 이길 수 있었다. 하지만 나는 어중간하게 3.5미터를 뛰어서 우리 팀은 지고 말았다.

"열심히 있는 힘을 다해 뛰었는데, 죄송합니다."

"너 바보냐? 몇 미터를 뛰건 그런 건 아무래도 상관없어."

"예?"

간타로 선배는 어이없다는 표정으로 나를 힐끗 보더니 이번에는 재미있다는 듯 웃기 시작했다.

"넌 정말 그 초등학생이 없으면 아무것도 못 하냐? 어쨌든 그건 그것대로 재밌지만."

"죄송합니다."

어이없어하며 웃는 선배의 얼굴은 이미 내가 무서워서 어찌할 바를 몰랐던 그 얼굴이 아니었다. 하지만 나는 고개를 숙이고 이야기를 들을 수밖에 없었다.

"너 올림픽에 나갈 생각이냐? 멍청하긴. 얼마나 멀리 뛰는가보다 얼마나 사람들을 웃길 수 있는가를 생각해야지."

"예, 죄송합니다."

선배는 다시 담배를 물었다. 나는 재빨리 불을 켜서 앞으로 내밀었다.

"이런 거 안 해도 돼."

선배는 스스로 담배에 불을 붙였다.

"너 뛰기 전에 내가 '자신 있어?'라고 물었을 때 뭐라고 대답했는지 기억하냐?"

"저, 아마 '멀리뛰기는 초등학교 다닐 때 하고 처음이니까 자신 없습니다.'라고 말했……"

"멍청하긴!"

내 말이 끝나기도 전에 선배는 웃으면서 고개를 흔들었다.

"누가 그런 말 듣고 싶댔어? 그런 말 하고 나서 뛰면 누가 웃겠냐?"

"죄송합니다."

아, 나는 계속 사과만 하고 있었다. 하지만 어쩔 수 없다. 내가 실수한 것은 사실이니까.

"더 과장해서 얘기해야지. '저 전국체전 나간 적 있습니다.' 라든지."

"하지만 저 운동부 활동 한 적이 없어서."

"바보냐? 아무도 네가 진짜 운동부 활동을 했는지 알고 싶어 하지 않는다고."

"죄송합니다."

어느새 손바닥에 땀이 잔뜩 나 있었다. 긴장과 부끄러움과 반성 그리고 또 뭐가 있을까, 약간의 기쁨이라고 할까? 이렇게 유명한 사람이 나 같은 아마추어에게 조언을 해 준다는 기쁨.

"거짓말이라도 괜찮으니까 과장해서 말하라고. 그리고 나서 잘되면 좋은 거고 안 되면 그것대로 재밌잖아."

"예."

"잘해야 돼, 정말로."

선배는 아직 반이나 남아 있는 담배를 재떨이에 비벼 끄고

테이블에 놓아 둔 안경을 다시 꼈다. 안경을 낀 간타로 선배는 텔레비전에서 보던 모습 그대로였다. 나를 빤히 쳐다보는 눈은 뭐라고 할까? 어린아이가 동물원에서 처음 보는 동물을 바라보는 듯한 흥미와 호기심이 섞인 눈길이었다.

"너는 참 그 뭣이냐, 개그 할 때는 그런대로 하더니만 그거 다 짝꿍 덕분이었구나?"

"그런 거 같습니다."

"그런 게 어디 있냐?"

대선배님은 자기가 말해 놓고 즉석에서 부정했다. 나는 늘 주위에서 다카시 덕분에 재미있다는 말을 들어 왔기 때문에 의아해하며 얼굴을 조금 들었다.

"그 애만 재미있다고 해서 재미있는 개그가 될 정도로 개그계가 만만한 줄 아냐? 너희 개그가 봐 줄 만한 건 누구 혼자의 힘이 아니야. 뭐 아직은 정말 지지리도 못하지만 아마 너희 둘의 관계가 개그 속에서도 보이니까 그런대로 재미있는 거 아니겠냐?"

'그런대로'든 '봐 줄 만' 하든 이것이 내가 간타로 선배에게서 들은 말 중 아마 최고의 칭찬일 것이다. 나는 마음속으로 '감사합니다.' 라고 대답했지만 입 밖에 내지 않고 그저 고개만 숙이고 있었다.

"그러니까 끝까지 열심히 해. 순탄치만은 않을 거다."

"예."

"진짜 어린애는 그렇지 않아. 그 애는 필요 이상으로 힘이 들어가 있어."

대선배의 말이 뜻하지 않은 방향으로 흘러가자 나는 놀라서 얼굴을 들었다. 선배의 표정은 조금 전까지와는 달랐다. 지금껏 본 적이 없는 얼굴이었다. 온화하다는 말만으로는 표현할 수 없는 다른 무언가가 있었다.

"우리 애가 딱 그 애 나이일 거야."

나는 그길로 다카시네 집으로 갔다.

"야, 다카시, 정말 대단하지 않냐? 간타로 대선배가 우리 개그가 재미있다고 했다니까."

'그런대로' 재미있다는 쓸데없는 말은 넣지 않았다. 내가 오늘 촬영장에서 실수했다는 말은 더더욱 하지 않았다. 나중에 방송하면 알게 되겠지만 잘릴지도 모르니까, 아아.

다카시도 내 말을 듣고 기뻐했다. 그런 다카시의 모습을 보면서 나는 선배의 말을 떠올렸다.

다카시 어머니는 열 시가 넘어서 돌아왔다.

"어머, 마사야. 늦게까지 다카시 돌봐 줘서 고마워."

"아니에요, 저야말로 늦게까지 실례를 해서 죄송합니다."

"엄마, 다녀오셨어요? 내일 학교 가야 하니까 먼저 잘게요."

어머니는 다카시의 머리를 쓰다듬으면서 말했다.

"어머, 엄마 기다렸니? 미안해. 잘 자."

"응, 마사야 형도 빨리 가."

"어, 알았어."

다카시는 나에게 밉살스러운 말을 던지고 자기 방으로 들어갔다.

"그럼 저도 그만 가 볼게요."

나는 귀걸이를 빼고 있는 어머니의 등을 향해 말했다.

"아냐, 신경 쓰지 않아도 돼. 차라도 한 잔 하고 가."

"아니에요, 너무 늦어서."

"그래?"

나는 현관 쪽으로 걸어가면서 생각하다가 걸음을 멈췄다.

"저, 이상한 얘기 하나 해도 돼요?"

어머니는 활짝 웃으면서 대답했다. 이렇게 늦게까지 일을 했으면 피곤할 만도 한데 그런 느낌이 전혀 들지 않았다.

"물론이지, 거기 서 있지 말고 이리 와서 앉아."

나는 어머니 말대로 테이블 앞에 앉았다. 하지만 갑자기 소극적이 되어 버려서 무엇부터 말해야 할지 망설여졌다. 이런 성격은 정말 직업상 치명적이다.

"뭔데, 무슨 일 있어?"

"예. 저…… 기분 나쁘시다면 죄송해요."

"왜 그래? 괜찮아, 마사야한테 화내지 않을 테니까. 다카시에 관한 얘기지?"

나는 고개를 끄덕이며 어떻게 이야기하면 다카시에게 해가 되지 않을까 머릿속을 회전시켜 보았지만 결국 좋은 생각이 떠오르지 않았다.

"저기, 다카시의 아버지에 관한 얘긴데요."

"응, 그게 뭐?"

"아버지에 대해 다카시가 뭔가 알고 있나요?"

어머니는 보통 때와 다름없이 웃음을 띠면서 고개를 갸웃거렸다.

"저 애는 아마 아무것도 모를 거야. 거의 묻지도 않고. 근데 갑자기 그 얘기를 왜 하는데?"

어머니의 천진난만한 시선에 당황하면서 나는 여기서 물러날 수 없다는 것을 깨달았다.

"저기, 실은 남자끼리의 약속이라서 얘기하면 안 되지만……."

나는 오늘까지의 일을 모두 어머니에게 말했다. 다카시에게 좋아하는 여자아이가 생겨 이제 겨우 사이가 좋아졌는데 다시 헤어져야 한다는 것, 그 일에 대한 다카시의 마음. 어머니는 표정 하나 변하지 않고 묵묵히 나의 이야기를 듣고 있었다.

"우리 집은 가난하고 정말이지 별 볼일 없는 집이에요. 지금 다카시는 좀 삐뚤어져 있지만 부족함 없이 자라고 있고 상당히 착한 녀석이에요. 어린아이지만 저는 녀석에게 많이 의지하고 있고요. 그리고 이렇게 멋진 엄마가 있어서 부러웠어요, 항상."

어머니는 대답은 하지 않고 다만 가볍게 고개를 흔들면서 웃었다.

"단지 저 녀석은 다른 애들보다 성장이 좀 빨라서 세상의 이런저런 면을 깨닫기 시작하고 있는 거 같아요. 이번 일도 그냥 다카시가 하고 싶어 하는 대로 놔두는 게 좋을지 모르지만 나중에 후회할지도 모르니까 뭐든 도와주고 싶어요. 제가 할 수 있는 일이 아주 적겠지만요."

어머니는 시선을 떨어뜨리고 한숨을 쉬더니 다시 나를 보며 말했다.

"마사야, 고마워, 애기해 줘서."

"아니에요, 건방진 말을 해서 죄송해요."

"아니야, 마사야가 있어 줘서 정말 다행이야. 저 애를 계속 옆에서 지켜봐 주고 생각해 주고. 정말 최고의 형이야."

어머니는 나를 보고 상냥하게 웃었다. 그리고 잠깐 동안 생각에 잠기듯 테이블에 팔꿈치를 대고 얼굴 앞에 손깍지를 끼었다. 째깍거리는 시계 소리가 크게 느껴졌다.

"언젠가는 애기해야 한다고 생각하고 있었지만 의외로 빠르네. 하지만 지금이 좋을지도 몰라. 성장해 가는 시기니까."

어머니는 자신에게 다짐하듯 말했다. 나는 다카시가 어머니의 이런 점을 닮았다고 생각한다. 역시 어머니와 아들이다.

"특별히 숨겨야 할 일은 아무것도 없어. 단지 지금 행복하니까 굳이 얘기할 필요를 못 느꼈던 것뿐이야. 하지만 이제 얘기를 해 줘야 할 때가 온 것 같아. 중요한 일이니까."

다음다음 날 다카시 어머니는 여느 때보다 훨씬 일찍 집에 돌아왔다. 내가 처음 이 이야기를 꺼냈던 날 어머니는 되도록 내가 있을 때 다카시에게 말하고 싶다고 했다.

"아니에요, 그런 일은 모자간에 단 둘이 조용히 이야기하시는 편이 좋지 않을까요?"

내가 횡설수설하면서 거절하자 어머니는 빙그레 웃으며 말했다.

"무슨 소릴 하는 거야. 우린 가족이나 다름없잖아. 그보다 솔직히 걱정이야. 저 애가 얘기를 듣고 어떻게 생각할지. 친구에게 말할 수 있는 내용도 아니잖아. 저 애가 말할 수 있는 사람은 아마 마사야밖에 없을 거야. 그러니까 마사야가 옆에서 내가 다카시에게 무슨 말을 하는지 들어 줬으면 좋겠어."

이런 말까지 하는데 거절할 수는 없었다. 오히려 가족이나 다름없다는 말을 듣고 기뻤다. 그리고 오늘 어머니는 일을 빨리 끝내고 집에 돌아온 것이다.

다카시

"엄마, 다녀오셨어요? 오늘은 빨리 왔네."

"가끔은 다카시랑 저녁 먹으면서 얘기하고 싶어서."

엄마가 이렇게 빨리 돌아오는 날은 별로 없다. 예전에는 엄마가 늦게 들어오는 것이 서운하기도 했지만 지금은 익숙해져서 괜찮다. 그리고 지금은 마사야 형도 있기 때문에 아무렇지 않다. 그래도 엄마가 일찍 들어와 마사야 형이랑 셋이 이야기하는 것도 재미있고 기뻤다. 마사야 형의 뻔뻔함이 만들어 낸 결과겠지만.

엄마는 '가끔은 다카시랑 저녁 먹으면서'라고 말했지만 나는 솔직히 누구랑 함께 밥을 먹든 말든 상관이 없다. 혼자 밥 먹을 때가 많아서 습관이 됐는지도 모른다. 나는 나이에 비해 밥을 빨리 먹는다. 그러니까 실제로 식탁에 함께 앉아 있는 시간은 몇 분 정도밖에 안 되기 때문에 대화다운 대화를 할 수가 없다. 하지만 어쨌든 밥 먹을 때 엄마가 옆에 있으면 좋다.

나는 여전히 가장 먼저 밥을 먹었다. 마사야 형과 엄마는 시간이 조금 더 걸릴 것 같았다. 나는 언제나처럼 소파에 누워 텔레비전을 보았다. 엄마도 식사를 끝냈는지 설거지하는 소리가 들렸다. 수도꼭지를 잠그는 소리가 들리더니 엄마가 거실로 나와 천천히 말을 걸었다.

"저기, 다카시, 엄마가 할 얘기가 좀 있는데."

"뭔데?"

나는 소파에서 일어나 엄마와 마사야 형이 앉아 있는 테이블에 가서 앉았다. 엄마는 나의 맞은편에 앉았다. 마사야 형은 약간 이상한 얼굴로 자리에서 일어나더니 내가 좀 전까지 누워 있던 소파에 가서 앉았다.

엄마는 아무런 예고도 없이 갑자기 이렇게 말했다.

"다카시는 집에 아빠가 없는 걸 어떻게 생각해?"

나는 나를 똑바로 보고 있는 엄마의 눈을 피했다. 보통 때는 엄마의 눈을 피하는 일이 없었다.

"별 생각 없어, 그런 집도 있으니까. 마사야 형이 엄마한테 뭔가 얘기했지?"

마사야 형이다. 나는 아까부터 안절부절못하다가 지금은 우리에게 등을 돌리고 소파에 앉아 있는 멍청이에게 말을 걸었다. 하지만 마사야 형은 못 들은 척 대답이 없었다. 훤히 다 들여다보이는데.

"마사야한테는 아무 말도 못 들었어. 다카시에게 아빠에 대한 얘기를 언젠가는 해야 한다고 생각했을 뿐이야. 다카시도 나름대로 여러 가지 생각을 해 보지 않았니?"

"별로 생각한 적도 없고 물어보고 싶은 것도 없는데."

"그래? 하지만 오늘은 말이 나온 김에 좀 얘기할까 하는데."

그때부터 나는 아무 말도 하지 않았다. 다른 생각이 있었던 것은 아니지만 그다지 즐거운 기분은 아니었다.

"나와 네 아빠는 네가 아주 어렸을 때 헤어졌기 때문에 너는 잘 기억나지 않을 거야. 헤어진 이유는 한 가지가 아니야.

지금 생각하면 엄마 잘못도 많아. 하지만 이유가 어떻든 누가 잘못을 했든 그런 건 중요하지 않다고 생각해."

조용한 집에 엄마의 목소리만이 울렸기 때문에 내가 작게 고개를 끄덕이는 소리마저 들리는 것 같았다.

"늘 함께하자고 말했지. 결혼할 때 그런 약속 하잖아? 그 약속을 못 지켜서 결국 나와 네 아빠는 거짓말쟁이가 되어 버렸어. 하지만 적어도 엄마는 네 아빠와 그때 약속한 일을 후회하지 않아. 만약에 다시 그때로 돌아간다고 해도 나는 아마 아빠를 선택하고 너를 낳았을 거야. 물론 그 뒤에는 아빠와 싸우지 않으려고 노력할 테고. 하지만 나중에 거짓말쟁이가 된다고 해도 엄마는 그쪽을 택할 거야. 알겠니?"

엄마가 나를 바라보고 있었다. 엄마에게는(물론 나에게도 마찬가지지만) 중요한 이야기지만 엄마의 눈은 무척 온화했다. 나는 다시 한 번 고개를 끄덕였다.

"다카시는 아빠가 없어서 많이 힘들었을 텐데 엄마마저 늘 옆에 있어 주지 못하고 많이 외롭게 해서 정말 미안해. 하지만 적어도 엄마는 지금 행복해. 아빠와 만나서 이렇게 다카시 엄마가 될 수 있었던 게 너무 행복해. 이건 절대 거짓말이 아니야."

"응."

나는 작은 목소리로 대답했다.

"자, 이걸로 이 이야기는 끝!"

엄마는 밝은 목소리로 그렇게 말하고 나서 즐겁게 다른 이야기를 하기 시작했다. 그러자 지금까지 뒤에 숨어서 아무 말도 하지 않던 마사야 형이 갑자기 다가와 테이블에 자리를 잡았다. 그리고 인생에 아무런 도움이 되지 않는 쓸데없는 이야기를 늘어놓기 시작했다. 엄마는 즐거운 듯 맞장구를 쳤다.

엄마의 갑작스러운 고백은 나에게는 마음이 편치 않은 시간이었다. 솔직히 말하면 나에게는 아빠가 없다는 사실 따위 아무래도 상관없었다. 주위 사람들이 어떻게 생각하는지도 알고 있다. 곤란한 점이 있다면 참견하기 좋아하는 아주머니들이 꼬치꼬치 캐물을 때 좀 귀찮다는 정도다. 아빠가 있거나 없다고 해서 크게 달라질 일은 없다고 생각하기 때문에 지금껏 그다지 의식하지 않았다. 그러니까 엄마가 조심스럽게 이야기를 꺼냈을 때 귀찮다고 생각했다. 아빠가 없어도 상관없으니까 즐겁게 지내자고 말하고 싶었다. 마사야 형 잘못이다. 틀림없이 마사야 형이 쓸데없는 말을 했을 것이다.

하지만 한 가지 마음에 걸리는 일이 있었다. 사람을 좋아하게 됐을 때 나는 어떻게 하면 좋을까? 그런 것은 교과서에도 당연히 씌어 있지 않다.

리코와는 계속 함께 있고 싶다. 리코를 처음 봤을 때부터 마음이 끌렸다. 처음에는 나와는 전혀 다른 아이라고 생각했다. 하지만 우리는 다르지 않았다. 내가 건방지다는 말을 들는 이유 그리고 리코가 언제나 웃는 이유가 사실은 같은 마음 때문이라는 것을 알게 되었다. 우리는 다른 사람을 대할 때 어떻게 행동하면 좋을지 너무 깊이 생각했는지도 모른다. 하지만 나는 리코와 함께라면 이것저것 신경 쓰지 않고 웃을 수 있었다. 나도 모르는 사이에 겹겹이 방어막을 치고 있던 나의 마음이 리코와 함께라면 있는 그대로를 표현할 수 있었다.

함께 있을 수 있어서 기쁘다는 마음이 점점 깊어져 갔다. 이런 기분은 처음이었다. 그래서 늘 함께 있자고 약속했다. 약속을 했다고 생각했다.

그런데 계속 함께 있을 수 없다는 것을 알게 되었다. 머릿속에서는 어쩔 수 없는 일이라는 것을 알고 있다. 하지만……리코의 웃는 얼굴을 볼 때마다 기쁜 마음과 함께 얼마 지나지 않아 이 얼굴을 볼 수 없게 된다는 두려움이 마음속에서 뭉게뭉게 피어올랐다.

'잃고 싶지 않다, 리코를 잃고 싶지 않다…….'

이런 생각만 떠올라서 리코에게 제대로 한번 웃어 주지도 못했다.

지금까지 무엇이든 '될 대로 되겠지.'라고 생각했다. 세상에는 훨씬 큰 무언가가 있으니까 내가 무언가를 하기보다 그냥 흘러가는 대로 놔두면 된다고 생각했다. 하지만 나는 조금씩 '나는 나'라고 생각하기 시작했다. 나의 움직임이 나를 둘러싼 세계를 변화시킬지도 모른다는 사실을 알게 되었는데…….

내가 무엇을 가졌는지 무엇을 잃고 싶지 않은지 이제야 알았는데……. 어떻게 하면 좋을까, 어떻게 노력하면 될까?

떨어져 있어도 만날 수 없어도 '늘 함께' 라는 말, 그런 일이 말처럼 정말 가능할까? 누군가 가르쳐 주었으면 좋겠다. 엄마는 약속했던 일을 후회하지 않는다고 했다. 나는 약속을 해도 좋을지 아직 잘 모르겠다.

마사야

어머니가 다카시 아버지에 대한 이야기를 한 날부터 다카시가 '우등생' 인 척하는 태도는 완전히 사라졌다. 하지만 원래의 다카시로 돌아간 것이 아니라 이전보다 훨씬 성격이 나빠졌다. 소파에서 아무것도 하지 않고 뒹구는 시간이 훨씬 더 많아졌다. 그리고 보통 때도 교과서에 실려 있는 철학자 사진처럼 인상을 찌푸리며 언짢은 얼굴을 하고 있다. 개그 연습을 할 때도 그런 얼굴을 하고 있어서 재미있어야 할 부분이 심각해지기도 했다. 하지만 다카시는 결코 대본을 틀리지 않고 나보다 아주 조금 더 재미있기 때문에 나로서는 아무 말도 할 수 없었다.

"표정이 너무 굳어 있어, 형씨."

할 수 있는 일이라곤 고작 어깨를 주무르는 것 정도였다.

이런 상태에서도 우리가 연습을 계속 하는 이유는 목표가 있기 때문이었다.

우리의 목표인 '신인 개그맨 그랑프리' 도쿄 예선이 3월 21일에 열린다. 처음에 날짜를 알게 되었을 때는 다카시가 봄 방학이 시작되는 날이어서 잘됐다고 생각했다. 하지만 다카시와 리코의 영원한 이별이 될지도 모르는 날의 다음 날이기 때문에 지금으로서는 오히려 최악의 날이 될 수도 있다. 다카시는 무표정(뭐랄까, 가면과 같은 얼굴)한 얼굴이기 때문에 그런 일이 있어도 아무 일도 없었던 것처럼 행동할지 모른다. 하지만 아무래도 다른 사람을 웃기기 위해서는 우리도 최소한의 심적 컨디션을 유지해야 한다. 어쨌든 개그를 제쳐 놓으면 리코와의 이별이 다카시의 인생에 중요한 일인 것은 틀림없다. 만남과 헤어짐은 아이에게든 노인에게든 중요한 일이다.

"그 애랑은 어떻게 지내고 있냐?"

나의 질문에 다카시다운 까다로운 대답이 돌아왔다.

"아주 좋은 분위기로 서먹서먹하게 지내고 있어."

분위기가 좋은 것인지 나쁜 것인지 모르겠다. 어쨌든 다카시는 어머니의 이야기를 들은 날부터 숨기는 일 없이 고민하고 있다. 이런 모습은 어떤 의미에서는 한 발 전진했다고 볼 수 있을지도 모른다.

"언제 이사하는데?"

"종업식 끝나면 바로."

역시 개그를 할 수 있는 상황이 아니었다.

그리고 다카시와 리코에게는 눈 깜짝할 사이에 시간이 지나갔다. 밸런타인데이에 초콜릿을 받고 화이트데이에 사탕을 주면서 아무렇지 않게 이야기하고 만나고 있는 것 같았다. 하지만 둘은 나름대로 '친구'의 선을 넘지 않도록 조심하고 있는 듯 보였다. 초등학생인 둘에게는 앞으로 자신들 사이에 생길 거리가 터무니없이 멀게 느껴질 게 분명하다. 다카시와 리코는 마음에 브레이크를 걸고 있었다. 그리고 그 브레이크를 어떻게 할 것인지는 다카시에게 달려 있었다.

"다카시. 리코와 차근차근 얘기해 보는 게 좋지 않을까?"

"알고 있어, 알고는 있지만……."

다카시는 아무 말도 못 한 채 종업식 날을 맞이했다.

다카시가 학교에서 돌아올 시간에 맞춰 나는 언제나처럼 다카시네 집에 갔다. 명목은 내일을 위한 연습이었지만 사실은 다카시가 어떻게 결말을 냈는지 듣기 위해서였다.

"마사야 형, 아무 말도 못 했어."

다카시는 나를 보자마자 바로 말했다. 이렇게 풀이 죽어 있는 다카시를 보기는 처음이었다. 다카시는 리코가 이사 가는 곳의 주소가 적힌 종이를 들고 있었다. 그것은 두 아이들이 처한 상황에 대한 최소한의 저항이었을지 모른다. 나는 도저히 다카시에게 연습하자는 말을 꺼낼 기분이 아니었고 다카시도 하루 종일 전깃불도 켜지 않고 마루에서 뒹굴었다. 나는 일단 내일 데리러 온다는 말을 하고 돌아왔다. 자기 전에 에이코에게서 전화가 왔다.

"웬일이야?"

"내일 중요한 대회 있잖아. 격려 좀 할까 하고."

"잘하겠다고 말하고 싶지만 내일은 아무래도 좀 어렵지 않을까?"

솔직히 나에게는 중요한 대회지만 지금은 그보다 더 중요한 일이 있었다. 기본적으로 나의 직업과 관련해서만큼은 관여하지 않는 에이코가 지금까지와 달리 전화를 한 이유도 평소와는 상황이 다르다는 사실을 알기 때문일 것이다.

"다카시는?"

"응, 어떻게 좀 해 주고 싶은데, 이런 문제는 좀······."

"맞아."

"다카시 또래에게 전학이라는 건 역시 큰 사건인가 봐."

나도 경험이 있다. 어렸을 적 그런대로 사이가 좋았던 친구가 전학을 갔다. 지금 생각해 보면 그다지 멀지 않은 거리였다. 그러나 그 뒤로 다시 그 친구를 만나지 못했다. 그 시절의 나는 거리를 좁히는 방법을 몰랐고 하루하루의 변화가 어린 나에게는 어지러울 정도로 빨랐다.

"저기······."

"응?"

"만약에 나라면 마사야는 어떻게 할 거야?"

"무슨 뜻이야?"

"멀리 가는 게 나라면?"

나는 에이코의 목소리를 들으면서 수화기 너머에 있는 에이코의 얼굴을 상상했다. 진지한 얼굴을 하고 있을 것 같기도 하고, 나를 시험하려고 살짝 웃음을 띠고 있을 것 같기도 했다.

"얼마나 멀리?"

"글쎄…… 외국. 지구 반대편."

"기간은 어느 정도?"

"음, 2, 3년."

나는 조금 생각하다가 대답했다.

"싫은데…… 같이 갈까?"

"안 돼."

"그래? 그럼 기다릴게."

수화기 너머에서 숨을 내뱉는 소리가 들렸다. 웃는 소리인지 단순한 한숨인지 구분이 가지 않았다.

"긴 시간이야. 그래도 기다릴 거야?"

"기다릴 거야, 에이코가 나와 같은 마음으로 지내 준다면. 3년 뒤라고 했나? 놀아와서 다시 나와 함께할 거라고 생각한다면."

경솔한 나의 대답이 정답인지는 모르겠다. 그때 에이코가 또렷한 목소리로 말했다.

"난 너의 그런 면이 좋아."

다카시

나는 침대 위에서 리코에게 받은 메모지를 보고 있었다. 종이에는 주소와 전화번호 그리고 '다시 만나자.' 라는 글씨가 씌어 있었다.

종업식을 마치고 반 아이들이 하고 싶은 말을 한 마디씩 적은 종이를 리코에게 건네주었다. 그리고 모두 수첩에 메시지를 써 달라고 조르면서 리코를 둘러쌌다. 나는 교실 구석에서 그 장면을 지켜보고 있었다.

리코가 드디어 혼자가 되었고 우리는 마지막으로 함께 집에 돌아가는 길을 걸었다. 우리는 보통 때보다 아주 천천히 걸었다. 하지만 서로 아무 말도 할 수가 없었다. 나는 하고 싶은 말이 아주 많았지만 말이 나오지 않았다. 입을 열어도 목소리가 나오지 않다니……. 그 많은 관객들 앞에서도 잘 떠들었는데.

아무리 천천히 걸어도 순식간에 갈림길에 도착했다. 우리는 걸음을 멈췄다.

무슨 말이든 하고 싶지만 정말로 아무 말도 하지 못했다. 단지 가슴이 무너져 버릴 것 같고 무언가에 찔리듯이 아팠다.

"그럼 난 갈게. 엄마, 아빠가 기다리셔."

리코는 희미하게 웃었다. 하지만 나는 한심스럽게도 웃지 못했다.

"벌써 출발해?"

"응."

리코는 가방 속에서 접힌 종이를 꺼냈다.

"연락해."

나는 힘껏 고개를 끄덕였다.

"안녕."

리코가 걸어가고 있었지만 나는 움직일 수 없었다. 리코는 조금 걸어가다가 뒤를 돌아보았다. 커다란 눈동자에 살짝 눈물이 어려 있었다. 내가 서 있는 곳에서도 반짝이는 눈물이 보였다. 리코의 입술이 움직였다. 그 모습이 마치 슬로우 모션처럼 천천히 나의 마음에 새겨졌다.

"나, 쭉 좋아할 거야."

리코는 다시 걸어가면서 몇 번이고 뒤를 돌아보며 손을 흔들었다. 길모퉁이를 돌아서야 보이지 않았다.

정신을 차리니 베개가 눈물에 젖어 있었다.

"바보야."

이제야 알게 되다니. 리코가 없으면 안 된다는 것을 전부터 알고 있었으면서…… . 결국 도망치고 있었다. 엄마의 이야기를 들었을 때는 정말 알고 있었는데. 엄마는 약속한 일을 후회하지 않는다고 가르쳐 주셨는데 나는 벌써 후회하고 있다. 약속조차 하지 못하고 도망쳤다. 그래서 약속을 지키려는 노력조차 하지 못하는 것을 후회하고 있다.

마사야

다음 날 나는 다카시를 데리러 갔다. 다카시는 골똘히 생각에 잠긴 표정으로 현관에 나왔다.

"왜 그래?"

자세히 보니 다카시의 눈이 부어 있었다.

"마사야 형, 정말 미안해. 정말 미안한데……."

"뭐가, 왜 그러는데?"

다카시는 나의 눈을 똑바로 보면서 강력하게 말했다.

"함께 후쿠오카에 가지 않을래? 지금 가고 싶어."

물론 나는 거절할 이유가 없었다. 오히려 나는 그 말을 기다리고 있었는지도 모른다. 우리는 다카시 어머니에게 후쿠오카에 다녀오겠다는 글을 남긴 뒤 전철을 타고 하네다 공항으로 향했다. 봄 방학이어서 비행기가 혼잡했지만 그래도 남은 좌석이 있었다. 나와 다카시는 나란히 앉았다. 다카시는 전철 안에서도 비행기 안에서도 계속 나에게 사과했다. 내가 아무리 그만하라고 해도 다카시는 그만두지 않았다. 비행기 창문을 통해 우리보다 아래에 떠 있는 구름을 굳은 얼굴로 바라보는 다카시에게 나는 말을 걸었다.

"다카시와 함께 여행하는 거 처음이네. 왠지 즐겁다."

"난 비행기 타는 거 처음이야."

"난 두 번째."

날기 시작한 지 얼마 지나지 않아 비행기는 후쿠오카에 도착했다. 다카시는 처음으로 비행기 안에서 보는 경치를 계속 바라보고 있었기 때문에 나보다 빠르게 느꼈던 모양이다.

"가깝네."

거리를 몰랐을 때보다 가깝게 느끼는 것 같았다. 비행기에서 내린 다카시의 표정은 타기 전보다 조금 풀려 있었다.

우리는 주소가 적힌 종이 한 장만 들고 리코네 집을 찾았다. 맨션 이름까지 적혀 있었기 때문에 찾기 어렵지 않았다. 전철과 버스를 한 시간 정도 갈아타고 나와 다카시는 처음 가보는 마을에 도착했다. 지도를 보면서 종이에 적힌 맨션 앞에 도착하자 한 가족이 트럭에서 짐을 내려놓고 있었다. 다카시의 눈은 그 가족 중에서 여자아이를 바라보고 있었다.

"다카시."

우리를 본 여자아이는 커다란 눈을 더 크게 뜨며 손에 들고 있던 짐을 내려놓고 우리에게로 뛰어왔다.

"어떻게 된 거야, 여기까지?"

나와 나란히 서 있던 다카시가 한 발 앞으로 나아가 리코와 마주 섰다. 오늘 아침까지는 멀리 떨어져 있던 두 사람의 거리가 지금은 손을 내밀면 닿을 정도까지 가까워졌다.

"깜박 잊어버리고 하지 않은 말이 있어서 왔어."

나는 뒤에 서 있어서 다카시의 옆얼굴도 거의 보이지 않았지만 녀석이 어떤 표정을 짓고 있는지 알 수 있었다. 우리는 오래된 사이니까.

"떨어져 있어도 내 마음은 변하지 않아. 무슨 일이 있으면 지금처럼 만나러 올게."

나는 뭔가 봐서는 안 되는 것을 보고 있다는 기분이 들어서 눈을 감았다.

"나의 여자 친구가 되어 줄래?"

눈을 감자 나를 감싸고 있는 봄바람이 느껴졌다. 기분 좋은 바람이 조용히 온 마을에 불고 있었다. 봄은 참 좋은 계절이다. 나는 봄이 좋다. 새콤달콤한 추억이 넘쳐나는 따뜻한 계절.

"나는 거짓말하지 않아."

눈을 뜨고 하늘을 바라보니 새파란 하늘에 흰 구름 하나가 덩그러니 떠 있었다. 정말 상쾌하다. 나는 다시 천천히 눈을 감았다.

"마사야 형, 고마워."

"아냐, 뭘. 어쨌든 너 멋졌어. '떨어져 있어도 내 마음은 변하지 않아.' 라니."

다카시는 오랜만에 나에게 주먹을 날렸다.

"잊어 줘."

"아야."

우리는 천천히 왔던 길을 되돌아갔다. 태양 빛을 흡수하듯 아주 천천히 걸음을 옮겼다. 조금 걸어가다 우리는 얼굴을 마주보고 웃었다.

"그런데 마사야 형은 정말 대단해."

"뭐가?"

"형 자꾸 실수하잖아."

"너 지금 싸우자는 거냐?"

"그게 아냐, 실수한다는 건 그만큼 멍청하다는 거잖아."

옆에서 걷고 있는 다카시가 기분 탓인지 큰 것처럼 느껴졌다. 아니, 분명히 기분 탓만은 아니었다. 정말로 많이 컸다.

"입 다물고 있으면 거짓말하지 않아도 되지만 그걸로 끝이지. 약속을 하니까 그 관계가 계속되는 거야. 관계가 이어지지 않으면 정말도 거짓말도 없으니까."

"약속할 수 있는 나와 상대가 있으니까 거짓말을 하는 거야."

"두려워할 필요 없어."

버스·정류장 앞에 도착하자 다카시는 또다시 사과했다.

"마사야 형, 정말 미안해. 오늘 중요한 날인데."

"아니, 사실 나 너한테 거짓말 했어."

"뭐?"

"거짓말은 아니지만 말하지 않은 게 있어. 오늘 도쿄 예선이라고 했잖아. 도쿄가 예선이 있다는 건 사실은 오사카나 도호쿠, 규슈도 예선이 있다는 거야. 규슈 지역 예선은 내일 후쿠오카에서 열려."

"정말이야? 나갈 수 있어?"

"응, 신청해 뒀어. 도쿄 예선은 취소하고."

"다행이다."

다카시가 환하게 웃었다. 그 얼굴이 눈부셔 나는 눈을 돌렸다.

"게다가 다카시, 예선은 일주일마다 계속 열려. 그러니까 예선에 통과할 때마다 후쿠오카에 올 수 있어. 경비는 회사에서 대고."

"정말? 정말로 난 거짓말 안 하게 되네. 말한 대로 만나러 올 수 있으니까."

"응, 그러니까 내일 잘해야 돼."

우리는 버스를 탔다. 버스는 우리를 태우고 낯선 거리를 달렸다. 이곳에 올 때 본 경치지만 다카시에게는 아마 다르게 보였을 것이다.

버스 안에는 우리밖에 승객이 없었다. 창문을 열자 기분 좋은 바람이 들어왔다. 어느새 버스는 벚꽃 가로수 길을 달리고 있었다. 도쿄에는 아직 피지 않은 벚꽃이 후쿠오카에는 이미 피어 있었다. 창밖에서 벚꽃이 팔랑팔랑 버스 안으로 날아왔다. 오늘 나의 손바닥에 벚꽃이 날아와 앉으리라는 상상을 어제는 하지 못했다. 옆에 있는 다카시를 보니 안심했는지 꾸벅꾸벅 졸고 있었다.

다카시라는 이 작은 아이가 해낸 일, 그것은 내가 생각하고 있던 것보다 훨씬 커다란 일이다. 다카시가 나에게 보여 준 것처럼 나도 이 녀석에게 보여 줄 수 있을까? 이 녀석 옆에 있는 나는 함께 성장하고 있는 것일까?

　우리의 미래는 아직 보이지 않는다. 하지만 이렇게 같은 버스를 타고 함께 달려간다. 약속과 거짓말을 반복하면서 우리는 앞으로 나아가는 것이다.

에필로그

다카시

그리고 우리는 '신인 개그맨 그랑프리'에서 멋지게 우승을 차지했다. 심사위원 중에는 간타로 대선배도 있었다. 선배의 눈에 우리는 어떻게 비쳤을까? 언젠가는 마사야 형과 둘이서 이야기를 들을 수 있었으면 좋겠다.

"안녕하세요, 트라이얼 앤드 에러입니다."

"안녕하세요."

"다카시, 갑작스럽지만."

"왜, 마사야 형?"

"우리 오늘로 해체하자."

"응, 알았어, 해체."

"야, 정말 가는 거야?"

"왜? 잡지 마."

"기다려, 넌 너무 이해가 빠르다니까."

"뭐야, 마사야 형, 해체한다며?"

"그렇긴 하지만."

"그럼, 난 갈게. 혼자 잘해 봐. 나는 집에 가서 숙제해야
지."

"잠깐만, 제발 부탁이야. 잠깐 기다려."

"왜 그러는데?"

"근데 왜 내가 잡는 거야. 오히려 네가 나를 잡아야 하는
거 아냐?"

"뭐 어쩌라고?"

"아니, 그러니까 이런 경우에는 '왜?'라든지 '잠깐만.'이
라든지 뭐 그런 말을 해야 하잖아."

"흥."

"흥이라니, 어떻게 되든 상관없다는 거야?"

"그러니까 마사야 형은 해체하고 싶은 거 아냐?"

"응."

"안녕."

"잠깐만!"

"내일부턴 연락하지 마."

"알았어, 알았다고. 이 대목은 그냥 넘어가자. 미안, 사과

할 테니까. 응? 개그 하자."

"뭐, 마사야 형이 정 하고 싶다면야."

"결국 이런 꼴이 되는군."

"싫어?"

"아니야, 설마. 그러니까 간다고 하지 마."

"알았어, 그냥 가 버리면 나중에 혼날 테니까 개그 해야지."

"누구한테?"

"학교 선생님."

"아, 좋은 선생님이네. 선생님, 항상 감사합니다. 선생님 덕분에 다카시가 같이 개그해 준대요."

"그건 그렇고 마사야 형, 갑자기 왜 그래, 해체는 또 무슨 말이야?"

"아니, 까놓고 말해서 내가 너한테 묻어간다는 이미지가 있잖아."

"그런 감이 있지. 봐, 모두 고개를 끄덕이잖아."

"알았어, 알았어. 나 집에 가서 울어 버린다. 그런데 그게 어떤 의미에서는 가짜 모습이잖아. 내가 또 한다고 하면 잘하잖아."

"마사야 형, 이번엔 모두 고개를 갸웃거리는데."

"다카시, 난 지금 너한테 묻고 있거든! 나 한다고 하면 잘하는 녀석이지?"

"글쎄, 내 기억으로는 별로."

"다카시, 잘 생각해 봐! 어제도 책장 위에 있던 물건, 네가 손이 안 닿아서 내가 꺼내 줬잖아."

"그건 키 얘기고."

"그저께도 네가 남긴 당근, 내가 대신 다 먹었잖아."

"배가 고팠겠지."

"그러니까 네가 없어도 잘할 수 있다는 걸 증명하고 싶다고."

"그럼, 오늘이 형을 텔레비전에서 볼 수 있는 마지막 날이네. 중요한 날이구나."

"마지막이 아니라니까. 네가 없어도 난 개그계의 거센 파도를 헤치고 나아갈 거라고!"

"예예. 그래서 어떻게 하고 싶은데?"

"10년 뒤."

"10년 뒤?"

"난 유명한 개그맨이 돼서 프로그램 사회를 맡고 유명한 여배우와 결혼해서……."

"누구?"

"어?"

"예를 들면 누구랑?"

"음, 내가 좋아하는 여배우는 나가시마 아키나야."

"마사야 형, 큰일 나. 빨리 사과해. 명예훼손으로 고발당하면 어쩌려고."

"왜? 좋아한다는 말했다고 명예훼손이냐?"

"마사야 형이 사과하지 않으면 내가 사과하지 뭐. 죄송합
니다. 머리가 좀 이상해져서 이러는 거니까 너그럽게 용서해
주세요. 나중에 알아듣도록 타이르겠습니다."

"됐거든!"

"그래서 10년 뒤의 나는?"

"너는 대입 시험에 실패해서 재수생이지."

"뭐 그렇다 치고."

"그런 격차가 있는 두 사람이 다시 만나는 거야."

"예예. 해 볼까요? 근데 마사야 형. 요즘 그런 생각해? 그
런 생각하면 우울하지 않아?"

"꿈이라도 꾸게 해 줘. 그럼 시작한다. 야, 다카시 오랜만
이네."

"10년만이야, 마사야 형. 텔레비전에서 잘 보고 있어."

"아, 그래? 쑥스럽구면."

"사회도 보고 대단한걸. 예전 생각하면 상상도 할 수 없는
일이야. 그렇게 멍청했는데."

"어험어험! 에구, 다카시, 그땐 내가 멍청한 척했던 거지."

"대단해, 마사야 형."

"아니, 뭐 그 정도는 아니라니까. 굳이 말하면 실력이라고
나 할까?"

"그런데 마사야 형이 하는 프로그램 시청률이 나빠서 끝나는 거 같던데."

"아…… 하지만 다른 프로그램에도 많이 나가니까, 음, 괜찮아."

"그렇구나, 어쨌든 열심히 해."

"그건 그렇고 너 재수한다며? 힘들지, 공부하는 거?"

"그렇지 뭐. 올해 도쿄 대학 붙었는데 아무래도 하버드가 아니면 안 될 거 같아서 내일 미국 가."

"어…… 으응…… 그래? 대단하네. 음……."

"아, 맞다, 마사야 형. 결혼했지? 축하해."

"아, 알고 있었어? 집사람도 유명한 사람이라서 둘이 너무 눈에 띄어."

"예전에 사귀던 사람과는 헤어졌어?"

"아…… 응. 여러 가지 일이 있어서."

"흠, 밑바닥 생활 할 때 그렇게 뒷바라지해 줬는데."

"아……그렇긴 하지만."

"나도 결혼해, 리코랑."

"어, 초등학교 때부터 사귀던 그 여자애랑?"

"응."

"계속 만났었어?"

"응."

"그래? 왠지 네가 더 근사하다."

188

"그렇지 않아, 마사야 형이야말로 대단해."

"아, 됐어, 그만해. 10년이 지나도 네가 나보다 더 멋있잖아. 호감도도 높고."

"결국 이렇게 될걸. 여자 친구한테 사과해 두는 게 좋을걸."

"그렇지, 정말 미안합니다. 다카시한테 또 당했어요."

"와, 어린애 탓을 하다니. 인기 떨어져."

"어차피 더 떨어질 인기도 없어."

"이렇게 금방 포기해 버리다니, 하지만 이걸로 해체해서 좋은 일 하나 없다는 거 알았지?"

"그래, 나도 더 노력해야겠어."

"왜 그래, 갑자기 그런 기특한 애길 다 하고?"

"빛의 속도로 성장하는 녀석이 항상 옆에 있으니까 겁난다고."

"괜찮아, 마사야 형. 그래도 난 형을 의지하고 있어."

"다, 다카시."

"그러니까 해체한다는 말 하지 말고 앞으로도 잘 부탁해."

"응응."

"나를 돋보이게 하는 역할 말이야."

"야, 해체해!"

"감사합니다."

10년 뒤에 내가 어떻게 되어 있을지 알 수는 없지만 요즘 들어 희미하게 미래가 보이는 듯하다. 소중한 사람들, 되고 싶은 나, 얼마 전까지만 해도 연결되지 않았던 것들이 조금씩 연결되는 느낌이다.

웃음거리가 되는 것인지 남을 웃기고 있는 것인지, 지금 하고 있는 일에 의미가 있는지 없는지, 그것은 신이 결정할 일이다. 나는 요충도 번데기도 아니다. 시간이 걸리더라도 나는 나대로 앞으로도 조금씩 변해 갈 것이다.

옮긴이의 말

참으로 오랜만에 유쾌한 소설을 읽었습니다. 사람과 사람이 만나 관계를 만들면서 살아간다는 것은 참으로 신기한 일입니다. 그리고 그런 인간관계 중에서 어린이와 어른의 나이를 초월한 우정은 정말이지 보기 드문 일이지요.

이 책은 그런 보기 드문 일이 아주 유쾌하게 전개되면서 사람들의 가슴에 잔잔한 감동과 웃음을 주는 성장 드라마입니다.

또 이 작품 속에는 닮고 싶을 정도로 멋지고 근사한 인물이 많이 등장합니다. 먼저 주인공 다카시는 아주 건방지고 차가운 성격의 초등학교 3학년 남자아이입니다. 학교에서는 잘 웃지도 않고 2학년 때까지는 친구도 없을 정도로 냉담한 녀석이지요. 요즘은 주변에 다카시처럼 건방진 아이가 많습니다.

정말이지 머리를 한 대 콕 쥐어박아 주고 싶은 그런 녀석 말입니다. 이런 녀석이 다른 주인공인 마사야를 만나면서 변해 갑니다.

마사야는 개그맨을 꿈꾸는 삼류대학 출신의 어른답지 못한 인물입니다. 하지만 그는 남을 배려할 줄 아는 따뜻한 가슴을 지닌 인물임에 틀림없습니다. 엉뚱하고 가끔은 분위기 파악을 못 하지만 아니, 못 하는 척하지만 마사야와 같은 사람이 요즘 같은 세상에 많이 있다면 우리 사회가 얼마나 따뜻할까 생각해 봅니다. 이런 마사야 역시 다카시라는 초등학교 3학년생을 만나면서 내적인 성장을 하게 됩니다.

그리고 마사야의 여자 친구인 에이코, 그녀 또한 멋진 인물 중 한 사람이죠. 에이코는 마사야의 어디가 좋은지 모르면서 좋아합니다. 하지만 글쎄요, 정말 그럴까요? 에이코는 일찌감치 마사야의 보이지 않는 매력을 간파하고 있던 것은 아닐까요? 에이코는 마사야에게 든든한 조언자이기도 합니다. 요즘처럼 사람을 지나치게 세속적인 잣대로만 판단하는 세상에 이렇게 가진 것 없고 내세울 것 없는 마사야를 택한 에이코는 분명 순수한 사람일 것입니다.

마지막으로 다카시의 엄마도 역시 근사한 여성입니다. 보통 엄마 같으면 마사야처럼 일정한 직업도 없이 빈둥거리는 (물론 개그맨이라는 직업이 있지만) 사람을 집에 들일까요? 아니, 다카시와 친하게 지내는 것조차 말렸을 겁니다. 하지만 다카시 엄마는 진심으로 마사야를 다카시의 형처럼 생각하고 의지합니다. 다카시에게 무슨 일이 있으면 바로 마사야에게 상담도 하지요.

저는 이 책을 읽으면서 《나의 라임오렌지나무》를 떠올렸습니다. 정말 유명한 작품이라 따로 소개할 필요도 없겠지만 《나의 라임오렌지나무》는 브라질의 상파울루 부근 작은 도시에 사는 개구쟁이 제제가 뽀르뚜까 아저씨와의 사랑과 우정 속에서 성장해 간다는 이야기입니다. 혹자는 '에이, 너무 과장하는 거 아냐?'라고 생각할지도 모릅니다. 그럴지도 모르지요. 하지만 제제와 뽀르뚜까 아저씨, 다카시와 마사야는 분명 나이를 초월한 진정한 우정을 나누는 인물들입니다.

우리 아이들은 어떨까요? 매일같이 학교와 학원을 반복해서 오가는 우리 아이들은 과연 자신이 무엇을 좋아하고 고민하는지 스스로 인식하고 있을까요? 또 부모는 아이들이 무엇을 좋아하고 무엇을 고민하는지 알고 있을까요?

이 책을 번역하면서, 청소년 도서지만 아이들뿐만 아니라 어른이 읽어도 충분히 공감할 수 있는 책이라고 생각했습니다. 정말 오랜만에 가슴 따뜻해지는 책을 소개할 수 있어 다행입니다.

오페라 〈세비야의 이발사〉 중
아리아 '나는야 거리의 만능 일꾼'
로시니(1792~1868)

《나와 그 녀석의 개그 대결》은 어린아이와 어른이 친구가 되어 겪는 일들을 통해 삶과 사랑을 알아 간다는 이야기입니다. 이 소설에서 아이는 어른 못지않게 어른스럽고, 어른은 아이 못지않게 어수룩하다는 것이 특이한 설정입니다. 성장하여야 할 사람은 아이인데 어른이 아이를 통해 성장합니다. 아이인 다카시는 어른인 마사야의 잘 안 풀리는 인생의 문을 열어 주는 역할을 하게 됩니다. 마사야가 다카시의 개그에 대한 평에 귀 기울이고 다카시의 집에서 카레를 얻어먹는 모습을 보면 마치 어른이 아이에게 빌붙어 사는 것처럼 보일 수도 있습니다. 바로 그것이 마사야의 '개그' 못지않게 우리에게 웃음을 선사하고 있는 점이랍니다.

웃음을 주는 음악에는 어떤 것이 있을까요? 기악곡에는 특정한 인물을 표현하여 만든 곡들 중에 해학적인 것이 있습니다. 코믹한 상황을 여러 악기를 통해 음악으로 만든 것도 있습니다. 그러나 무엇보다도 풍자적인 줄거리의 '코믹 오페라' 라는 장르를 들 수 있겠습니다. '코믹 오페라' 는 '희가극' 이라고도 하며 유럽의 전통적 오페라 중에서 희극적 내용을 지닌 것을 통틀어 말합니다. 음악의 사이사이에 대사가 끼어 나오는 것이 특징이며 민중적인 성격이 강하고 예리한 풍자가 특징이랍니다. 그중에서 19세기 이태리 오페라 〈세비야의 이발사〉는 내용적인 면에서 재미가 있고 음악적인 면에서도 뛰어난 작품이라고 할 수 있습니다. 〈세비야의 이발사〉 중에 나오는 가장 유명한 아리아 '나는야 거리의 만능 일꾼' 을 소개할까 합니다. 바리톤을 위한 이 아리아는 세비야의 이발사인 피가로가 부르는 노래랍니다.

아! 브라보 휘가로, 훌륭해! 최고로 훌륭해.아! 나는 정말 행운아로다. 밤이건 낮이건 쉴 새 없이 항상 바쁘게 돌아가지.

싫증나지 않는 직업이란 어디나 있는 게 아니지.

면도칼에 빗, 가위 등 언제나 쓸 수 있게 모두 여기 있어.

더구나 부인네가 찾아도, 신사분이 찾아도 즐거운 상대자가 되어 주지.

아! 오늘도 즐겁고, 아! 오늘도 기쁨이 넘쳐.

얼마나 멋있는 삶이냐.

나는야 천하제일의 수완 좋은 이발사라.

마을 사람들 모두 남녀노소를 가리지 않고 머리를 빗어 말리고, 이발 좀 빨리, 연지도 살짝, 사랑의 편지도 이리저리,

한시도 쉴 새 없이 바쁘니, 아이고! 정말 미치겠어.

차례로 한 사람 한 사람씩 부탁하시오.

피가로 여기, 피가로 저기, 피가로 위로, 피가로 아래로,

피가로, 피가로, 피가로, 피가로…….
이 마을의 재치 있는 만능 일꾼! 참 잘한다!
항상 행운이 따라다니는 마을의 재롱둥이!

가사만 봐도 낙천적이지 않나요? 이 오페라를 만든 로시니라는 작곡가는 세비야의 이발사인 피가로처럼 낙천적이었다고 합니다. 그리고 남을 웃기는 익살꾼이었다고 하는데 예를 들면 생일이 4년마다 한 번 돌아오는 2월 29일이었기 때문에 70이 넘어서도 자신의 나이는 18세밖에 안 됐다고 우겼다고 합니다. 그 밖에 요리에도 일가견이 있어 많은 요리 저서를 내기도 했답니다. 〈세비야의 이발사〉는 피가로가 알마비바 백작이 첫눈에 반한 로지나와 결혼하는 것을 바르톨로의 훼방으로부터 돕는다는 내용입니다. 유쾌한 피가로의 성격과 오페라 전체의 분위기가 잘 드러나며 웃음이 절로 나오는 노래랍니다. 알마비바 백작이 발코니에 있는 로지나를 보고 첫눈에 반해 그녀에게 사랑을 고백하려 하지만 로지나에게는 그녀를 감시하는 바르톨로라는 중년 의사가 늘 곁에 있었습니다. 로지나에게 다가서는 방법을 몰라 고민하던 백작 앞에 피가로가 기타를 메고 등장합니다. 그리고 '나는 이 거리의 만물박사'를 부릅니다. '라란라레라~ 라란라라!' 흥겹게 시작하는 노래는 힘차고 빠르게 진행하여 박진감이 넘칩니다. 중간에 단조의 다소 느린 부분이 연결부의 역할을 하듯 나오고 나머지 부분이 다시 힘차게 곡을 마무리합니다. 속사포 같이 빠른 발음, 자기 자랑을 늘어놓는 가사, 즐거운 선율 등이 한편의 개그를 보는 듯 즐거운 느낌을 줍니다.

코믹극은 현대 사회에서는 더할 나위 없는 삶의 활력소가 아닐까 생각합니다. 마사야의 지지부진한 개그는 다카시의 도움으로 활력을 얻게 됩니다. 마사야가 전적으로 도움을 받은 것처럼 보이지만 다카시 역시 개그를 통해 성장하게 됩니다. 다카시는 어떤 계기가 있을 때마다 크게 달라집니다. 옆에서 지켜보는 마사야는 그것을 확실히 느끼게 됩니다. 그것이 바로 다카시의 성장하는 모습이며, 마사야는 그 순간을 옆에서 지켜볼 수 있다는 것이 최고의 기쁨이라고 생각합니다. 그리고 자신도 다카시에게 질 수 없다고, 더 성장할 수 있다고, 긍정적인 생각을 갖게 됩니다. 긍정적이고 자신감 넘치는 생각, 이것이 바로 현대를 살아 나가는 우리가 가져야 할 정신이 아닐까 생각해 봅니다. 마사야의 연기 인생에도, 다카시의 아름다운 성장에도, 우리 모두의 삶에도 꼭 필요한 웃음! 그런 웃음을 이 음악을 통해서 얻을 수 있었으면 좋겠습니다.

*도와주신 분 : 홍주진 선생님. 연세대 음대와 동 대학원을 졸업하고 유타 대학에서 언어학을 전공했습니다. 한국예술종합학교 반주자와 국립 안동대 강사를 역임했고, 영문학과 영어 교육에 힘쓰고 있습니다. 번역서로《바틀렛의 빙산 운반 작전》《엠브이피》등이 있습니다.